折射集
prisma

照亮存在之遮蔽

[比利时] 让-马克·图里纳 著 赵苓岑 译

Jean Marc Turine

河的女儿

La Théo des fleuves

南京大学出版社

La Théo des Fleuves
© Esperluète Editions, 2017
Simplified Chinese translation © 2023 by NJUP
All rights reserved.

江苏省版权局著作权合同登记图字:10-2019-609 号

图书在版编目(CIP)数据

河的女儿 /(比)让-马克·图里纳著;赵苓岑译. —
南京:南京大学出版社,2023.9
 ISBN 978-7-305-26381-1

Ⅰ. ①河… Ⅱ. ①让… ②赵… Ⅲ. ①长篇小说-比利时-现代 Ⅳ. ①I564.45

中国版本图书馆 CIP 数据核字(2022)第 233895 号

出版发行	南京大学出版社
社　　址	南京市汉口路 22 号　　邮　编 210093
出 版 人	王文军
书　　名	河的女儿 HE DE NÜ'ER
著　　者	[比利时]让-马克·图里纳
译　　者	赵苓岑
责任编辑	张　静
照　　排	南京紫藤制版印务中心
印　　刷	南京新世纪联盟印务有限公司
开　　本	787mm×1092mm　1/32　印张 8.125　字数 128 千
版　　次	2023 年 9 月第 1 版　2023 年 9 月第 1 次印刷
ISBN	978-7-305-26381-1
定　　价	58.00 元
网　　址	http://www.njupco.com
官方微博	http://weibo.com/njupco
官方微信	njupress
销售咨询热线:(025)83594756	

* 版权所有,侵权必究
* 凡购买南大版图书,如有印装质量问题,请与所购
　图书销售部门联系调换

献给纳粹集中营幸存者弗雷德里卡·克劳斯瑞伊

感谢 2002 年斯特拉斯堡之遇

尊贵的事实

——《河的女儿》译者序

2018年7月28日,巴黎,第十七届"五洲文学奖"[①]从全球131部参评小说中选出10部终评作品,这10部作品的作者分别来自法国、加拿大、比利时、瑞士、阿尔及利亚、美国、伊朗、塞内加尔、马达加斯加。最终,比利时作家让-马克·图里纳(Jean Marc Turine)的《河的女儿》(*La Théo des fleuves*)脱颖而出。受评奖委员会委托,评委会成员、中国翻译家许钧为该届"五洲文学奖"获奖作品《河的女儿》撰写了颁奖辞:"如果看不见是因为熟视无

[①] "五洲文学奖"由国际法语国家组织创设。国际法语国家组织成立于1970年,现有58个成员国和26个观察员国,在国际政治、经济与文化领域发挥着越来越重要的作用。2001年,为进一步推进文化与文学交流,开展文学对话,维护文化的多样性,国际法语国家组织设立了"五洲文学奖",每年评选一次,奖励用法语创作的优秀文学作品。"五洲文学奖"评奖委员会采用常务委员制,由来自国际法语国家组织成员国的著名作家组成。第十七届"五洲文学奖"评委会由12位委员组成,其中有百岁高龄的法兰西学院院士、法国戏剧家热内·德·奥巴尔迪纳,诺贝尔文学奖得主勒克莱齐奥,加拿大籍魁北克人文科学院院士、小说家利兹·毕索内特,出生于黎巴嫩的法国著名诗人维纳斯·古丽-嘉塔,以及唯一一位来自非国际法语国家组织成员国的中国翻译家许钧。

睹,那么解放自身的历程之奥秘,构建的便是一条从看得见的乡土通往不可见的家国之路。敏感而不屈的灵魂,应和着丰沛而不尽的河流。《河的女儿》一书以其透溢的人文主义和诗意打动了评奖委员会,展现了颠沛流离之人遭受迫害和抛弃的悲惨而漫长的道路。"①

看得见的乡土之下流淌着看不见的屈辱之河,这条幸存者的暗河,历经了人为的填埋、污染、遗忘,自身也在犹豫中分流,渐趋干涸。

2022年,《河的女儿》作者让-马克·图里纳出版了新书,法语名叫作 Révérends Pères(《尊敬的神父》)。法语中 révérend 为神职的专用形容词,意为"尊敬的"。这本书讲述了六十年前还是孩子的让-马克·图里纳常年遭神父性侵的事实。尊贵的身份掩饰了不堪的罪行,让人难以启齿的不是这一身份或者这一身份所庇护的人,反而是事实本身。

说出事实很难,因为面临着伦理与表达的双重困境。首先,恶行的受害者要向他人展示自身的脆弱、伤口,尤

---

① 参见许钧《翻译家许钧:拓展一个新世界——我走过的这十年》,《文艺报》2022年9月23日。

其社会性自我较为成功的曾经的幸存者,十分恐惧"示弱"。其次,作为"历史"的幸存者,似乎在刺痛现实社会敏感的神经——遮蔽了进步,仿佛横亘在过去与未来间的隔阂,所以大多数情况下幸存者及其证词会被直接地略过,或者被视为污点,让人急于清除。当然,还有一种顾虑:不可表征的苦难的记述、写作能否不减损事实本身?毕竟文学艺术乃至符号都曾被极权及暴力讹用,也就是阿多诺著名的论断——"奥斯维辛之后写诗是野蛮的"。

让-马克·图里纳写作《河的女儿》,给出了自己的答案。这一答案,其实早就写在杜拉斯①(图里纳视她为"精神母亲")《情人》的开头,"我觉得现在你比年轻的时候更美,那时你是年轻女人,与你那时的面貌相比,我更爱你现在备受摧残的面容"。事实本身值得最高的敬意

---

① 1971年,让-马克·图里纳通过友人结识了杜拉斯及其第二任丈夫狄奥尼·马斯科洛,最初以实习生的身份为杜拉斯工作,当时杜拉斯正拍摄电影《黄色的,太阳》。在往后几十年的交往中,图里纳始终将杜拉斯夫妇视为"精神父母",按图里纳自己所说,杜拉斯夫妇将他纳入一个全新的未知的世界,给了他更深层的精神自由和独立性,比如他跨媒介(电台、影像、文字)的实践也是在学习杜拉斯。但他不敢把自己的作品给杜拉斯看,直到1995年时他才终于鼓起勇气,但那时的杜拉斯已经病重。

与最广的瞩目;事实的载体——幸存者,是呼吸着的历史;而写作,也对应着《情人》的末尾,"我注意看那衰老如何在我的颜面上肆虐践踏,就好像我很有兴趣读一本书一样",写作是另一尊贵的事实。

应该说,不写作,图里纳的身份也是尊贵的,凭借在比利时及法国纪录片、制作圈的声名①,以及他与法国文化界尤其杜拉斯一家的关系,图里纳怎么样也算文化名流,他在谈及"迟到"的写作②时,除了感激杜拉斯跨媒介创作对自己的影响,还反复提到一个问题——受害者,或者说曾经的受害者、当下的幸存者的尊严。受害者如何自省被加害、如何面对被加害的事实;受害者如何辨别并对待加害者,又如何面对众人。写作是一种途径。写作

---

① 图里纳首先是作为知名纪录片导演、制作人为比利时及法国公众所熟知的,他1985年与杜拉斯母子合拍《孩子们》(杜拉斯导演,作者与杜拉斯母子共同编剧),斩获柏林电影节电影艺术与实验大奖,1997年,据其执导的玛格丽特·杜拉斯谈话录《言语的迷醉》出版的同名传记获法国查尔斯·克罗学院唱片大奖(查尔斯·克罗,法国发明家及诗人,生前常用诙谐语调朗诵自己的代表作《熏咸鲱鱼》,这一诗歌是他送给儿子的睡前读物。克罗长期从事录音工作,为纪念克罗对录音的贡献,一批法国评论家及录音专家成立了"查尔斯·克罗学院",每年嘉奖音乐界、录音界的优秀作品及创作者)。

② 应该说,2014年写作《麇冷的阿莲》以前,图里纳出版的作品仅仅是影像作品的"周边",基本上都围绕着影像作品的台前幕后展开。

首先是一种思想的反抗。正如汉娜·阿伦特所说,极权的本质及标志就是塑造"领袖"、打造"领袖思想",以此代替独立的个人思想。《河的女儿》中极权仿佛无处不在又不可触及的天网,从不见具体名称及形象,擅长隐身。它借利益挑拨人民内部的仇恨,再以高低贵贱的定位划分阵营,最好让"贱民"自我放逐,逃离无以生存的境遇,再不济雇佣卒子代替它行事。极权首先进行精神隔离,捣毁其文字与艺术,让他们无精神可凝聚,无文明可传承,直至族群分崩离析,而且可以在任何时候,在光天化日之下实施,"铁卫队的一群民兵冲进车中,包围了希奥朵拉家及其他家族共建的营地。全副武装的民兵口中充斥着谩骂与命令,拳脚交加,无人得以幸免。他们命令男人点燃炉火,焚烧指定的贵重物品:吉他、小提琴、手风琴、匈牙利扬琴。孩子们被要求放火点燃生存用的工具。孩子们拒绝。一个民兵一枪打中一个孩子的颈背,另一个孩子死前甚至完全没来得及反应。一个女人惨叫。一个民兵不让她动弹……民兵让女人拿出珠宝首饰,然后放火点燃了马车和大篷车。留守的民兵享受着屠杀的乐趣。有的借啤酒和白酒助兴。每个人都配有步枪或者左轮手枪"；同时进行物理和生物隔离，围地圈禁，以非人的手段让身在其中的人失去人的自觉与条件。"贱民"可以是犹太人，可以是茨冈人，隔离的圈地可以叫奥斯维辛，也可以是文中的"镣铐岛"或者"酷刑岛"，"死去的冤魂激荡着大河，直至黑色的大海，在阴风阵阵中苦苦地呻吟。希奥朵拉的祖母告诉她，奴隶主放狗追捕逃跑的苦役，脚踝上戴着铁球镣铐的苦役不分白天黑夜地躲在多瑙河边的沼泽里，寻找着一线生机。一旦被发现，茨冈苦役或者被狗咬，或者被打。奴隶主很清楚，不听话、拒绝奴役甚至妄图自由的毛病是人的瘟疫，那比麻风病可怕多了"。

从定义上贬抑某一族群、合理化罪行，从空间及精神上隔离这一族群，让其无根彷徨、物质匮乏却无从申诉，也无具体对象可控诉，边缘线上独立风口浪尖，最容易瓦解一个人的心理防线。思考在图里纳看来就是人可以设立，以及必须设立的最后一道防线。图里纳说，多年制片、拍片生涯中认识的女性都大多有着强烈的求知欲，知识当然是步入社会谋生的重要途径，但更为重要的，知识是思考的土壤，逆来顺受或者自我放逐永远不可能扭转权力关系——自我放逐仅仅只是遮掩标签的妄想，扭转权力的永远只能是权力本身。而借由思考争取的权力首先便是记忆的权力。虽然思考让幸存更像是在清点苦难,但"生活的言语变成了在世的孤儿。而我想说的话越来越像死去的一个又一个我",就像布朗肖所说,"最终杀死他的不是世界,而是人",有更多的人虎视眈眈地要清除生活的言语及记忆,就像他们对待犹太人那样,"不,其实,排除犹太人还不够,灭绝他们也还不够;他们必须从历史上被抹去,从他们用来对我们说话的书本中被抹去,就如同那样的在场——它在每一本书之前和之后铭刻着言语,并让人从一切视域消失的最远之处转向了人——最终必须被消除了一样:简言之,要消灭'他人'"[①]。作为亲历者、幸存者,没有理由忘却,更没有理由任由任何人将自己打入"他者"的地狱。

图里纳为自己及笔下的人物希奥朵拉选择借写作进行思考,不仅仅是设立人性防线、记忆的问题,还关乎生存。写作当然无法原原本本再现不可表征的罪行及苦难,写作所关乎的另一事实,是另一种生存,是社会性生

---

① 莫里斯·布朗肖《无尽的谈话》,南京大学出版社,2016年,第249页。

存外另一种生存的事实。跟随《河的女儿》,我们自然可以领略茨冈人迁徙中途经的美景:月光下河水中熠熠的星光、暗影浮动的温柔水草、美酒歌谣晃动着的曼妙身姿。我们当然为书中茨冈人悲惨的命运感到愤怒,甚至感到无法理解,但作为作者,图里纳也说了,"无论书写了怎样的悲剧,我们写作并不是为了告诉大家鸟儿有多美,蝴蝶在纷飞……即便我们确实书写爱的幸福,但写作是另外一回事","写作拥有自己的自由"。某种程度上,写作的自由甚于生存的自由,它贯穿了世世代代被贬抑、被排斥、被驱逐、被屠杀的族群,超越了时空和定义的限制,写就了一本大写的书,无论是希奥朵拉还是作者图里纳,通过这本大写的书,想要成就的另一事实就是——成为茨冈人。

成为茨冈人意味着成为不安与苦厄本身。就像上世纪我们反复经由犹太人想要寻找的意义,对一种根本之不公的一切反思,对人们反思根本之不公时产生的不安及沉默进行反思,"一言以蔽之,就是在流亡(exil)、逃难(exode)、生存(existence)、外在性(extériorité)和陌异性(étrangeté)这些词语以各种生存模式所展露的前缀

(ex-)中寻找意义的来源"①。不仅要成为茨冈人,而且要成为茨冈女人。作为被放逐、被否定的边缘人群,茨冈人,作为茨冈人中被放逐、被否定的边缘之边缘、否定之否定——茨冈女人希奥朵拉,这样一个人物及其命运并不代表不安与苦厄,而恰恰就是不安与苦厄本身。茨冈人、茨冈女人是普遍意义上苦厄和不安的原型。它不仅仅是一个族群或者性别的问题,而是整个社会结构乃至人类根本的问题。

8世纪和10世纪,北印度旁遮普人迁徙到欧洲,被欧洲人称作"茨冈人"。"茨冈人"这一名称本身就是一个错误,最初西班牙人认为这一族群来自埃及,所以用egiptano("来自埃及的")形容他们,称呼他们为gitano。德语称作Zigeuner,赤裸裸地将其贬斥为不可触碰之人。早期的茨冈人大多游牧,后期定居于城市郊区的茨冈人多以手工业为生:铁匠,马夫,马贩,工具钳工,也有音乐人,马戏团的驯兽师和舞者。15世纪后期,很多茨冈人皈依了基督教,但仍被视为乞丐、小偷。16世纪中期的

---

① 莫里斯·布朗肖《无尽的谈话》,南京大学出版社,2016年,第246页。

英格兰,判定茨冈人式的生活为犯罪,与之为伍之人也有罪。1554年,英格兰的法律明文判定茨冈人为死罪之人。从1933年开始,纳粹德国实施了对茨冈人大规模的、有组织的迫害。1933年到1945年间共有150万左右的茨冈人死于纳粹之手,战后却没有引发关注。2012年10月24日,德国政府在柏林举行了"二战"茨冈人受难纪念碑揭幕仪式,这座纪念碑由以色列艺术家丹尼·卡拉万设计,德国政府耗资约280万欧元,历时20余年修建而成。这座纪念碑的落成标志着茨冈人在"二战"中遭受纳粹屠杀这一事实得到正式承认。

就图里纳本人而言,他对茨冈人命运的纪念、对茨冈人反抗的致敬,落实在几十年间持续的追踪和系列节目的拍摄中。早在1986年到1987年间,他便与维奥莱纳-德·维耶合作拍摄纳粹集中营的纪录片《S先生与V女士》,主要围绕一位比利时政治犯贝蒂-凡·赛维纳的证词展开,也开启了图里纳对茨冈人尤其茨冈女人命运的探寻之路,他在往后与法国文化电台的合作中制作了一系列关于茨冈人的节目。在这一时期,他结识了两位茨冈女性,一位家住斯特拉斯堡,文盲,一位是匈牙利人,这两位的合体便是《河的女儿》主人公希奥朵拉的原型。隔离、驱逐、集中营、屠杀这些事实与女人这一事实联系在一起的时候,事情要复杂得多——私人领域与公共领域内同时遭到蔑视与迫害,女儿、妻子、母亲的身份与茨冈人这一种族身份加深了希奥朵拉这样一个茨冈女人的不安与苦厄,同时也让思考这份不安与苦厄的人不安、惶恐、沉默或者麻木,所以,写作茨冈女人的命运,写作这一另外的生存事实——成为茨冈女人,成为希奥朵拉,借由这一否定之否定、边缘之边缘,借由这一普遍意义上的不安与苦厄,或许才能从根本上思考一切根本之不公。

有太多写作让我们看到不安与苦厄,而绝大多数不安与苦厄的再现局限于落后与贫穷的描写,其中,绝大部分落后与贫穷的描写都经由女人:衣衫褴褛的小姑娘裸露乳房喂着奶,做着最原始而简单的劳作,比如洗碗、洗衣、择菜、清理尘垢,比如文中,"孩子们在房子前一块光秃的地上追逐,拍打一只破球,全都穿得破破烂烂的,光着屁股,光着脚,头发枯得像一篷死枝。一个十六岁的小妈妈坐在杨木墩上喂奶,也光着脚。她解开掉色的短袖连衣裙的上扣,脑袋靠向她怀里的小男孩,笑了。远处,一个女人一屁股坐在高跟鞋上,蹲着烧火煮晚饭。有的房屋没了边边角角,有的檐槽都掀了,空了窗的地方雨打风吹,像今天这样,却又热得让人透不过气"。但我们不愿意面对甚至承认,甚至没有意识到:这样一种将女性与落后捆绑在一起的叙事或许是一种有意识的男性叙事。现代性是有性别的,我们将勇敢、创新等美好属性归于现代性的同时,习惯性地将现代性想象且表现为男性气质,"性别不仅会影响历史知识的事实部分——如应该囊括什么,剔除什么——而且还会影响我们对社会进程的性质和意义所做的哲学假设"①,我们很难想象女性的心理及行为代表着批判的思想与开拓创新的意志,尤其当消费社会的概念出现后,女性受消费支配、受符号统治的无意义消耗品、商品、盲目消费者的形象更为深入人心。我们更难承认亲密关系中女性的家庭纽带身份与人力生产的事实,将私人领域与社会的矛盾冲突归于女性泛滥的感性,无法正视其女儿、妻子、母亲的身份对于现代性的主导建构作用。《河的女儿》中希奥朵拉作为女人

---

① 芮塔·菲尔斯基《现代性的性别》,南京大学出版社,2020年,第2页。

在私人领域的经历,应该是我们都熟悉的:婚姻由父亲做主,即便女性家庭成员也无力、无心支持婚姻自由——"父亲从未征求母亲的意见,关系到家族繁荣的婚姻问题都由男人做主。希奥朵拉曾向祖母倾诉:'我不要嫁给瓦西里,我并不爱他。'祖母驳斥她:'没人能左右你父亲的决定。你得接受并且服从。最重要的,你得为你丈夫生个儿子。没有儿子,他根本不会正眼看你。'";和从未谋面的男性结为夫妻后充当家庭的苦力和子宫,没有性、爱与表达的自由,于是我们看着希奥朵拉亲赴婚礼的盛宴仿佛奔赴自己的葬礼,在经历了新婚的强迫性爱、侮辱及谩骂后,她迎来了苦役一般的婚姻生活,"希奥朵拉帮她婆婆干活儿,帮她公公干活儿,帮姑嫂干活儿。当然,帮她丈夫干活儿。希奥朵拉就是干活儿的。起早贪黑地干活儿,直到她失踪不见。她不说或者少说。她已经学会了骂不还口,学会了不要大惊小怪。原先她还躲着哭,后来她不哭了。"因为身为女人,生存与呐喊甚至反抗竟然是相互折损的事。

《河的女儿》法文原版名为 *La Théo des fleuves*,意为"万河之女,上帝的礼物",可是这千千万万女人汇成的大河之水，成就着也覆灭着女人，它的丰盈与浑浊浇灌着每一个女人的丰盈与浑浊。因为冲动和繁殖，我们要求女人敞开，张开双腿、露出生殖器、打开子宫、敞露乳房；因为恐惧和男权的结构，我们要求女人封闭，锁死自由的意志、断绝自然的爱欲、包裹自己的身体、束缚自己的双腿双脚、囿于厨房与床。当女人接受并习惯了男权社会对女人的定义，她会像希奥朵拉的祖母和瓦西里的妹妹安吉丽卡那样，在任何一个女人萌生出对女人定义及其命运的怀疑时，她们的双手、她们的胸部、她们的臀部、她们的言语因为自我贬抑为男人的附庸，都会成为压迫的武器。"几百万女人的身体穿过我的身体"，如果这几百万女人全都接受了既定的女人的定义，那就是几百万个活死人墓中千千万万行尸走肉的昼夜碾压过我们的身体。

图里纳为希奥朵拉写就的救赎，或者说现实中一个个希奥朵拉走出的救赎之路，并非转身视而不见这丰盈也浑浊的女人河，而是切身地体验着这份无比沉重的碾压之痛，思考痛之来源并将这一思考加以表达。

就像希奥朵拉所领悟的，"学着阅读，学着书写，赋予自己力量。自己争取的独立没人能夺走"，独立永远不是孑然独立于不安与苦厄,独立是成为不安与苦厄本身,知其所以然,也知其根源而不与罪恶同流合污。这才是写作的高光,也正是因为活出了不安与苦厄这一现实,写作才成了最尊贵的事实。

当希奥朵拉这条河流在流经那鸿的爱河、瓦西里的婚姻之河、儿女之河、种族灭绝之河、娑摩吽陀号与约瑟夫的自由之河后,重回茨冈人落魄的聚集地与不堪的境遇时,那个陌生的女人愤怒地质询她:"你竟然回来!说真的,你为什么要回来?"此时,那个女人想说的是:"你走了为什么还要蹚这趟浑水?那我们又有什么希望可寄托?"希奥朵拉回答她:"为了留底。"相信并不仅仅只是为回忆留底,不仅仅只是落叶归根的朴素情感,更是为生存留底,希奥朵拉解释说:"因为您还在相信我们的传奇,因为您仍然活在痛苦的宿命论里,因为您没有看到那条河的力量、决心和流动的生命力。因为您曾经相信,现在依然相信,您是我们中的一部分,您保存了我们的文化。您害怕相遇,害怕融合。相信我,我们的文化、我们的故事,我和您、您的母亲,以及您的老婆婆一样铭记于心。"生存之河翻滚着暗流,激荡着污浊与杂质,无论女人之河还是茨冈人之河，抑或任一河流，都融入生存之河，无论女人之不安与苦厄，茨冈人之不安与苦厄，都融入生存之不安与苦厄，写作、写作茨冈女人命运之于图里纳与希奥朵拉的意义，就在于这一点，成为不安与苦厄本身才是唯一的生存，也才成其为最尊贵的事实。

赵苓岑
写于"鲨鱼"19周零6天
2023年3月3日凌晨，杭州

每个人都有权思考并表达自己的欲望。

——斯宾诺莎

我们的希望是点亮黑夜的火炬:

没有启明的光,

只有点亮黑夜的火炬。

——埃德加·莫兰

人心深处,世界尽头。

——中国谚语

哪儿的天都空空荡荡,永远地空空荡荡。

就像一条河,来过又没了踪迹……这话在老希奥朵拉心里升起,转而又下了心头。

她在哪儿听过、看过这句话吗?还是她自己说过?难道她还记得?岁月冲刷着她的回忆,如今只剩点点尘埃。就像她的眼睛,空洞又莫测。人死之前,说过的话、许过的愿,又在干涸的心田翻滚。如今,再没有羞辱与嘲笑了,她也没了泪水。体内的火并非一夕之间熄灭,自从她放弃了幻想,就这样心如止水了。

仿佛又回到了世界原初的模样……阳光消融于欢乐的泪水。那些纪律、那些习得的道德仿佛严防死守的走廊,却被炙热惊扰。夏天盛极而衰了,河岸的沼泽干涸得没有生气。欲望的土壤里埋藏着期待的种子,渴望流离失所的欢愉浇灌。丝一般轻轻柔柔的阳光,歇在她身上。

希奥朵拉叹息道:"光不知道自己做了什么。"希奥朵拉拥有童真的奇思异想、音乐一般的纯净、爱的闪电,她仍然记得党同伐异、霸权、邪恶之人仍未招供也无法招认的滔滔罪行。

空空荡荡,天永远地空空荡荡。

遗忘的迷宫里荆棘丛生,时不时地她便深陷其中,摸索着。在她的眼中,天空不再是归巢与风景。她身边的年轻人从桌上拿起小提琴,停在那里。年轻人看着他的老婆婆。老婆婆坐在一把新椅上,椅子是从邻居那儿借来的,是一把泡沫填充的白色塑料椅。老太太不以为意,脸上一副"既然我已经在这儿了,一切都是最好的安排,我乐意"的神色。一条金链、一条珊瑚珠的链子、一条挂着钱币的链子,随着她的呼吸在她胸口起伏。她穿着一身醋栗红的衬衫、一条黑色的裙子,手指上套着戒指。起了褶子的手腕挂了只银镯。老人家双手搭在膝头,一动不动。她问年轻人:

"该动身了,我们出发吧。"

"上哪儿去?"

她耸耸肩,失去控制的手揉皱了膝头的裙裾。她想了想自己刚才的话,同样地不知所措:

"上别处去,到某个地方,走出生存,去偶遇生活。"

年轻人不发一言,他并不总是明白老人家的话。一天就快过去,是时候把她挪到轮椅上,推着她到穷人区走走了。那条街道除了裂口的沥青、路面上的尘土、沙砾、灰烬、玻璃碎片,仍然是裂口的沥青、尘土、沙砾……那是一条统一又一无所有的街道。一路的颠簸弄疼了老希奥朵拉的屁股,她在听孩子的嬉戏、鸟的鸣唱。尤其鸟儿总能唱出高于一切的自由。她摸摸狗,女人们一一送上拥抱,男人们向她致意,她便回以问候。她又回到了自己的故乡,回到了街坊身边,回到了多瑙河畔港口的一个穷人区,为了在这儿死去。那天她从公共汽车上下来,身边还有行李,零星的几个远房侄子、侄女也都上了年纪,对她仅有模糊的印象。她离开这座被遗忘的城市四十年了。听说又有了新的群聚地,而且依然穷困,疾病与失业蔓延。人们告诉她,那时候她所遭遇的种族排斥现在依然存在。老希奥朵拉想找回童年的气息,再见见阿拉丹。在她这个年纪,她没办法一个人旅行,更没办法开启这场冒险。于是她向蒂波提议,他来做向导,避开种种困难。她随身带了一只用旧的小皮箱,收拾了几件衣裳、几件首饰、一些日用品、一本学生时代的笔记本(边边角角都破了,书页也黄了)以及一本书(她即便再没办法阅读,也不愿和它分开)。那是一本饰有金线的棕皮旧书。别的人问她年纪,她抬起手摇晃银镯:"绝对一千岁了。几百万女人的身体穿过我的身体。年龄?那有什么好问的。"没人知道她为什么回来,为什么回到贫穷、失业如瘟疫一般蔓延的土地。迎接她的除了轻蔑就是愤怒。一个女人用吉卜赛语对她说:

"你根本看不见我们的遭遇。对你来说可能还好,但对我们住在这里的人来说,这里就是世界的无底洞。三百号人共用一个取水点,电时有时无。三十五岁就是一个坎,人都老了、病倒了,根本没钱买必备药。这里什么都不值钱。鲜花和蔬菜都停止生长了,就连土地也不信太阳会再来,连绵的雨水只会带来灾难。"

"因为您还在相信我们的传奇,因为您仍然活在痛苦的宿命论里,因为您没有看到那条河的力量、决心和流动的生命力。因为您曾经相信,现在依然相信,您是我们中的一部分,您保存了我们的文化。您害怕相遇,害怕融合。相信我,我们的文化、我们的故事,我和您、您的母亲,以及您的老婆婆一样铭记于心。"老希奥朵拉动怒了。

那个女人没把老希奥朵拉的话听进去,继续抱怨。

"旧政权垮台后,每个人都在欢呼着重获自由,我们不一样,我们很痛心。我们今时今日的生活和'二战'前有什么区别?我们中的一些人获得了惊人的财富,然后在我们贫民窟边上盖宫殿,他们要么把钱浇灌到混凝土里,要么投资各种见不得人的生意、非法买卖。哪儿来的团结?他们根本不承认自己的出身,他们让我恶心。但你呢!你竟然回来!说真的,你为什么要回来?"

"为了留底。"

温暖的阳光,絮状地落在老太太的膝头、双手和肩上。她在等着自己咽下最后一口气,她说:"阳光跟手风琴一样。手风琴死了,就不能再抱在怀里,我也会死的。

手风琴死了,算不了什么。武器、战火可以摧毁一架手风琴,却永远也无法阻止音乐的流动、音符的跃动。一切都会结束,音乐却可以重生,没有人看到音乐的重生,音乐在纯粹的声色中独白,走向没有生命的无限。"她褶皱如闭合沟壑的脸庞,像木乃伊一般,又像一副面具。她发自肺腑地说道:"没人能复制我的经历,我所经历的全都消失在我幼时的密林里。我离开密林,追随江川湖泊的那一天便忘了我自己。我所经历的是人世的过去、现在以及未来。星星底下没有新鲜事。在那茫茫大海上、沙丘之巅、荒漠凌厉的岩石间、丛山峻岭间,夜空中的繁星指引冒险的人前行。然而这一切都只是喧嚣的时间之河中转眼的一瞬,神明都是骗人的空话。"

年轻人陪伴着她,坐在鳞状装饰的绿椅上,手杖在铺了鲜红油布的桌上,一言不发。他身着一件淡淡的天青色衬衫,一条单薄的米色棉布裤子,脚上穿了一双黑色的凉鞋。她说到他,总说:"就那个谁谁啊。"然后就没了下文。太多孩子出现在她的生命中,她没法一一认清。她口中"那个谁谁"叫蒂波。

孩子们在房子前一块光秃的地上追逐,拍打一只破球,全都穿得破破烂烂的,光着屁股,光着脚,头发枯得像一篷死枝。一个十六岁的小妈妈坐在杨木墩上喂奶,也光着脚。她解开掉了色的短袖连衣裙的上扣,脑袋靠向她怀里的小男孩,笑了。远处,一个女人一屁股坐在高跟鞋上,蹲着烧火煮晚饭。有的房屋没了边边角角,有的檐槽都掀了,空了窗的地方雨打风吹,像今天这样,却又热得让人透不过气。

没有人行道的街道上,生了锈的车架、摩托车架、冰箱空壳、电视机框堆满了废弃的街面。

远处的露天垃圾场围了一群猫猫狗狗。尽管牧师、护士、老师都要求搬走对周围居民有潜在危害的垃圾场,当局就是充耳不闻,反而期待着那些没法忍受的居民主动搬走,这样一来社区就可以焕然一新了。

女孩子的身体是无法接近的,女孩是天上的星星做的,是不能说的希望;男孩没受过什么教育,无所事事又无能为力地躁动,成天盯着自己的焦虑在没法播种的贫瘠土地上来来回回。男孩女孩们都在渴望着奔涌的大河,渴望大河将他们的忧郁冲散在大海的波涛中。他们恋爱,他们复制自己父母的言行。

一个戴着宽边黑帽的年轻人靠着墙,他看着坐在扶手椅上的老婆婆面向敞开的窗。他穿了一身紫红色衬衣,一条橡棕色的裤子,一双黑皮的尖头靴,他在把玩一把刀的刀刃。他没上过学,或者说没读过几天书。他靠近老婆婆:"我和同伴们没法上学。这里的人说了什么玩意儿,把我们安排到特殊学校。就因为我们是我们。我们得赶紧走,还得快点儿。我可不想像我爸那样,蠢了一辈子,然后被车轧死。我们这种活法哪叫活啊,贫民窟里只有悲苦、无知和饥饿。我们的父辈、祖辈不都死在毒气室、万人坑、白骨堆里,被人忘得干干净净?为什么呢?我问妈妈,妈妈说'看看你什么肤色',我的肤色竟然成了问题。我问为什么。我现在就问你。他们说你去过很多国家,你是个有文化的人,他们还说你能读会写。"

老希奥朵拉伸出手,年轻人的手放在她手上。过了一会儿,老婆婆笑着说:"你不需要上帝,你会成为自己行动的主人,你会汲取营养,至少比我们那会儿懂得多。你会带我们离开贫民窟、棚户区和厄运。很久很久以前,我的丈夫瓦西里,也表达过类似的意愿,生活就是这样,我们中绝大多数人还在乞讨尊严。但你不一样,我认为你特别美好。你说的每一个字都是证明。你说得对,该动身了。"

年轻人斜了身子,靠在门框上。

"你怎么描述我们?"

"白黑鬼或者风的孩子。"

"我觉得应该用那个侮辱性的词汇:茨冈人。'茨冈人'这个词把我们打成了贱民。"

"我知道,我还知道它丰富、公正的一面。"

"孩子们离开学校,因为他们再也无法忍受成天听到'茨冈人、茨冈人、肮脏的茨冈人'。对别人来说,除了肮脏的茨冈人,我们还能是什么?全社会想要消灭的害虫?"

老希奥朵拉松开年轻人的手,穿越时空的忧郁在她出生时便凿进她的脸庞。她用她空洞的双眼凝视年轻人。她不说一句话,双唇在颤动。

"我想我记起来了,小的时候有时夜里妈妈为了哄我们入睡,总会唱这首歌:

爸爸，你给了我什么？

我的灵魂坚硬如磐石。

或许因为小时候你唱的童谣。

因为你写给茨冈人的信。

你的双手，你的眼睛，为我指明人生的路。

爸爸，你留给我你的痛苦，茨冈人的痛苦。

啃食你的痛苦正啃食着我，

他们用刀割断我的翅膀，

我没哭，爸爸，我在歌唱。

茨冈女人不哭。

妈妈被他们烧死了，爸爸，她没流一滴泪，她唱着歌，洗涤痛苦。

爸爸，我们的歌是茨冈人的歌。

我的灵魂与她们同在。

只要这路上还有茨冈人，他们一定会听到我的歌唱。"

"这没用，既不能让别人和我们正常往来，又不能保护我们让我们免受摧残心灵的侮辱,诗歌不可能带我们离开贫民窟的破铜烂铁。有的城市甚至禁止我们接近市中心,但我们又不得不到市政厅办这样那样的手续,那里的人就让我们一直等到办事窗口都关了。第二天、第三天,循环往复,没有哪天不是这样。再然后,我们就不去了。留在这里翻来覆去地思考,为什么我们沦落到这个境地。有的孩子被人从父母身边夺走,安置到孤儿院里,说是那些做父母的没有能力养活自己的孩子。在农村,有的人被带到田里吞死尸、死牛,喝废井里的脏水。你来之前不久,正好有一个部长提出了一个规划:到埃及买块荒地,把我们圈禁在那里。他还说'即便是动物也得驱赶寄生虫'。"

"我知道,布库。"

"我记得有个足球场挂了一面横幅,上面写着'我希望所有茨冈人死于炭疽或者毒气。我们的国家以及真正的公民万岁!',没有一个政客站出来批评这种龌龊的行为,更没有一个牧师。"

老太太再一次陷入沉默。

"穿越国界去发现世界。行走在无边无际美丽的大地上,学着去爱它,驯服它,和它说话,在它经历磨难时倾听它。去吧,像我曾经那样,即便不知道要去向哪里。不要管目的地,重要的是你将出发。不要忘记你来自何方,但也不要害怕打破禁忌和惯例,走吧,即便要面对家人的冷言冷语。捕捉别处的美。竭尽全力。你将迎接接踵而至的不确定,你将踏上全新的旅程,到了那时你就会明白,昏官的话不值得你上心。"

"兜里没一分钱,我怎么走?乞讨吗?偷吗?卖淫吗?和那些抱着不切实际的幻想,以为到了欧洲就能过上正常生活的人一样?到了之后像牲畜一样被圈禁在乌七八糟的地方,一天到晚被警察盯着,隔三岔五地被驱逐?你想说的是不是这个?我们的肤色写满了拒绝,上哪儿都一样。"

"你说的我都经历过,你看,我不是好好的?蒂波不久就要离开,你认为有必要的话,可以和他一起上路。"

"我都收拾好了,带上随身衣物就行。"

远处有狗在叫。河岸一带此起彼伏的狗吠不绝。

年轻人蒂波起身:"我要演奏一曲。"老太太撇嘴,若有所思,双眼望向他们的夜晚:"你知道的,我更喜欢手风琴。阿拉丹今天不来吗?"阿拉丹死了后,她总是反复地问及自己的初恋,没有一天不想他,即便遇见了不同的恋人,有了更多的际遇,分分合合,日日夜夜的孤独……阿拉丹死于心脏骤停,几周后,她决定回到自己的故乡。死前他也走过相同的路,希望收回旧政府没收的财产。那时候他的身体已经经不起太多的折腾:越来越漫长的旅途、行政骚扰和反复变卦。

蒂波靠近她的扶手椅,与她膝促着膝,开始了演奏。老太太闭着眼,仰着头,银白的发丝耷拉在后。年轻人知道,老太太离开了,她去找回忆了,等他演奏完了,她就回来了。

那时希奥朵拉十五岁,住在三角洲的平原上。

1934年夏天,那天很热。她穿上最美的珠光裙,黑发如中国的水墨泼洒至臀部,更显得肤若凝脂。母亲和姐姐在卫生间里帮她梳妆,给她戴上金银首饰、项链,往她发间插上珠花,手腕上套上镯子,脚腕上系细链子,再戴上金耳环。父亲决定让这个最小的女儿嫁给好友的儿子,一个她从没见过,或者说不熟悉的人。父亲的好友是一个傲慢的人，贪恋权势，事事躬亲地掌管着自己的家族，以及依附于这个家族的人，他认为正是由于他人格的伟大，他所经营的事业，才能买下带地皮的房子，方便养马、停放小拖车。希奥朵拉要离开这片营地，离开祖辈开辟的道路，离开驯化的贫穷，离开无忧无虑、幸福、排斥、屈辱、乞讨、流动商贩式的迁徙，在那阳光明媚的早晨，她亲赴的是<u>盛宴</u>，还是葬礼？婚礼结束后，她就嫁进了丈夫的家族，他二十岁，是个有名的驯马师，他叫瓦西里，他的大男子主义和傲慢有时让她无缘无故地暴力。

为此，她的刀破损了不止一次。瓦西里有一副斗士的体魄。姑娘们被他的悲剧气息深深地吸引，嫉妒希奥朵拉。瓦西里表现得像个领导人，马和人都由他管。他信命运，命中注定他就是母亲的好儿子。婚礼上充斥着各种舞蹈、音乐、各式的菜肴和酒精，大量的酒。瓦西里终于可以碰他的妻子了，他当众拥抱她。婚礼持续了两天。瓦西里的朋友们都想见识一下。美丽的新娘拥有一对明艳的猫眼，葡萄柚一般丰盈的胸，饱满而充盈的唇，跳舞时曼妙的臀。对了，还有感化马儿的笑声。"瓦西里，快跟我们说说。"瓦西里拉长着脸，卷发挡不住脖颈上轻微的划痕。他使蛮力要逮住她的时候她大吼："别再来了啊！否则我杀了你！"婚礼第三天是家族聚会。音乐与欢歌中，亲人们笑着抹着泪，一一道别。在多瑙河与一片松林间广袤的草原上，木篷车隔出婚礼的场地。用于骑兵乐的马已经备好。孩子们围着新婚夫妇团团转。骑马的宪兵隔着距离在观测、监察着婚礼活动。

希奥朵拉面无表情。喝得东倒西歪的人群中，只有她的母亲读出了她眼中的悲伤。她油蓝的双眼仿若冬日的天。新婚之夜，母亲从她的眼中看到了勉强的婚姻带来的磨难。父亲从未征求母亲的意见，关系到家族繁荣的婚姻问题都由男人做主。希奥朵拉曾向祖母倾诉："我不要嫁给瓦西里，我并不爱他。"祖母驳斥她："没人能左右你父亲的决定。你得接受并且服从。最重要的，你得为你丈夫生个儿子。没有儿子，他根本不会正眼看你。"

她实在听不下去，那些谏言害苦了身边多少女人，蚕食了她们多少的美梦，害得她们只剩飘零的只言碎语还要不断重复，害得她们没有退路却不问缘由。她突然地伸出左手，示威地说："你看看我手上这条女人的河，你看到了什么？"

老太太看都不看一眼。丝绸般的姑娘却总是急急躁躁,成天灰头土脸弄得一身脏。"你总是胡言乱语地对未来指指点点,你嘴里那些话你自己都不会信。将来等你有了孩子也够你受的。"

老太太扇了小孙女一耳光:"是时候找个男人驯服你了,我看你快变成一个荡妇了。你全身上下都魔怔了,我看都不想多看一眼。你不听话,有你好果子吃。我们说的话,你要敢不从,绝对会做出些伤风败俗的事,我看得很清楚。规矩不需要白纸黑字地写下来,规矩是一路穿越时空约定俗成的,那是我们整个家族的骄傲和荣誉。在我们这儿,女人必须服从男人,爱他们,对他们忠诚。你没有哥哥,没人好好地引导你。你丈夫会好好管教你的。一直以来你父亲就是太放纵你,没看好你。"

那天夜里,小希奥朵拉问母亲:

"你也是这样过来的吗?像我一样,像父亲逼迫我的那样,你也是被父亲逼迫着嫁给一个陌生人吗?"

"都是一样的。后来我爱上了你的父亲,我知道你正经历什么。"

希奥朵拉走出大篷车,心里一阵苦涩翻涌。无与伦比的璀璨星光下,她的双眼溢满泪水。

新婚的早晨,希奥朵拉告诉自己:"我再也不会让他碰我。"同房让她浑身是伤。新婚夜里瓦西里强行挺入她身体三次。希奥朵拉观察她的丈夫。他大口喝酒,大声喧哗,手舞足蹈。她在宴会的人群中搜寻阿拉丹的眼睛,阿拉丹是她的朋友,比她稍大。一直以来他们总是在一起,偷偷地相爱了。阿拉丹正和一个女孩跳舞。他把手风琴丢在一边。小希奥朵拉喜欢看他演奏时与乐器合一的样子。跳舞时她感觉到了阿拉丹投向自己的目光。他演奏了一首告别曲,那是为她写的歌。阿拉丹是族群中唯一能读会写的人。有位老师特别喜欢他,放学后总是带他到家里单独授课。希奥朵拉真希望从婚约上踩过去,回到过去,让时间倒流。回到湖蓝般无忧无虑的小时候。回到满月时冷冷的夜里,躺在阿拉丹的怀中,再次地赤裸相对。她想起那天,把婚讯告知阿拉丹后,眼泪沾湿了他的肩头。阿拉丹说:

"只有一条出路,离开。"

"上哪儿去?到陌生城市的街头浪荡吗?行尸走肉

吗?我没那个勇气。我既不会读,又不会写,靠什么赚钱?和你私奔又会害了你,我父亲和瓦西里绝对不会放过你。走遍天涯海角他们都会把我们找出来。"

"学着阅读,学着书写,赋予自己力量。自己争取的独立没人能夺走。拒绝改变,拒绝质疑统治规则的民族不可能进步,更不可能进化。"

阿拉丹家中有九个孩子,三个男孩,六个女孩,阿拉丹排第四。他的父亲是远近闻名的音乐家,在四人乐团中担任匈牙利扬琴手。他让家人过上了体面的生活,常常组织家庭游。

阿拉丹父亲的四人乐团跑各种商演,旅馆、市镇庆典、私家婚礼都在他们的行程里。没有宗教、市政元素的婚姻,婚礼是最基本的仪式。十三岁起,阿拉丹便开始了三地往返的生活:家里的大篷车,多瑙河支流中央一座小岛的小木屋,邻村老师家后方的小棚屋。

阿拉丹与老师结识的过程很普通。九岁的时候,阿拉丹把自己的想法告诉了父亲,然后就等在学校门口,向老师表示希望跟随他多学一些知识。老师喜出望外:"太棒了!茨冈人的孩子渴望学习!"老师遵守了诺言。上完学校的课,便在家中等他,教他阅读、写作和算术。几个星期后,善良的老师让阿拉丹带一些书回家。

　　一双强劲的手从身后扣住希奥朵拉的腰,将她举高。希奥朵拉吓得大叫。瓦西里放声大笑,抱着她跳了几步,将她抛向弟兄姐妹和朋友。在场所有人为新婚夫妇的幸福干杯,为美丽的新娘干杯,祝他们子孙满堂。希奥朵拉知道,下一步该洞房了,再然后……满场的玩笑、恭维她充耳不闻,她满脑子只想狠狠地咬下去、狠狠地挠,她的下腹疼得厉害,一心只想钻进地缝,顾不上规划未来。瓦西里摸上了她的胸,拿捏着尺寸。他在享受自己的战利品。他是毋庸置疑的主人。男孩、女孩将新婚夫妇团团围住,嬉戏、打闹。大摆的红裙旋转、飞扬。女孩们手腕的镯子丁零作响,翻飞的帽子一顶一顶又被接住。纱巾滑落,发型也乱了。音乐家们一个接一个地即兴表演,他们总是节庆最耀眼的存在,让人惊艳。女人们唱起了歌。酒瓶子传到希奥朵拉这里,希奥朵拉对着瓶口喝了。大她两岁的姐姐邀她跳舞。她压低声音问她的初夜。"瓦西里的那玩意儿硬吗?持久吗?"问完自己笑了起来。希奥朵拉不说话。没人能撬开她的嘴。她望着晚霞的红光披挂在树梢。微微侧着脸看他。希奥朵拉幻想着阿拉丹邀请她跳一支舞,舒缓一下自己的情绪,即便她知道他不会,那会激怒瓦西里,阿拉丹不能冒这个险。如果他拥她入怀,她能掩饰无以抑制的欲望吗?不行,阿拉丹从没学过格斗。而且他已经离开了宴席。他骑马走了。小希奥朵拉恣意地跳着,曼妙的舞姿围绕一个又一个男人。瓦西里引她入怀,久久地吻她。他的酒气逼得她往后退。瓦西里笑,打了她屁股,又笑。然后又喝了起来。

夜幕降临。

瓦西里跳舞时摔了一跤。他点燃一根烟。希奥朵拉坐在火炉旁的木头上。翻来覆去的一个疑问在她胸中翻滚,仿佛一块巨石压在心上:"为什么?"她徒劳地搜寻着母亲的眼睛。幼时抱她入怀,安抚她的女人在哪儿?那时她还小,蜷缩在母亲的怀中,听她唱现在的焦虑,以及对未来的恐惧。她的周围围着几对跳舞的恋人,希奥朵拉不离火炉半步,茫然地盯着快要熄灭的火焰,眼里写满疑问。瓦西里看到了她,走到她身旁。他令她生厌。她起身,朝留给他俩的小篷车走去。

老希奥朵拉睁开黯淡无光又空洞的眼睛。睡时干瘦的手蜷缩在裙裾。蒂波的演奏舒缓。老希奥朵拉细声说:"当时我不能上鸟岛找阿拉丹。我不能让任何人知道阿拉丹在河中央的木屋。他按自己的品位改造了三角洲一间渔民的老房。很多时候他在那儿阅读,拉手风琴。他把马留在草地,划小船上岛。婚礼上的歌舞环绕着我,我想象着阿拉丹的手风琴声轻轻柔柔地晃。"

希奥朵拉不知道,鸟岛不叫鸟岛了。为了纪念当年排水工程的茨冈苦役,人们叫它"镣铐岛"或者"酷刑岛"。死去的冤魂激荡着大河,直至黑色的大海,在阴风阵阵中苦苦地呻吟。希奥朵拉的祖母告诉她,奴隶主放狗追捕逃跑的苦役,脚踝上戴着铁球镣铐的苦役不分白天黑夜地躲在多瑙河边的沼泽里,寻找着一线生机。一旦被发现,茨冈苦役或者被狗咬,或者被打。奴隶主很清楚,不听话、拒绝奴役甚至妄图自由的毛病是人的瘟疫,那比麻风病可怕多了。

老太太不说话。双眼又慢慢地合上了。蒂波停止演奏。橙色的光切近地面而来,泼洒在树上和房屋的正面。蒂波说,天烧起来了。希奥朵拉转过头,她看不见却仍然看向记忆中熟悉的色彩。

"我不喜欢'燃烧'这个词,它包含了各种各样的罪恶。起风了?"

"风很小。"

"帮我准备轮椅,该上城里去了。"

她笑了,布满皱纹的脸焕发光彩。"今天上公墓那儿。你如果有事的话,把我留在那儿,之后再来接我。一个人静静挺好。"

蒂波把轮椅停在一棵椴树下。公墓年久失修了。花草野蛮生长,覆盖了坟头、小径,与塑料假花混为一体。

老希奥朵拉轻抚盖过阿拉丹棺材的土。她将一捧土装进果酱瓶里,双手握住瓶子,放在腿上。希奥朵拉睁着眼睛,脸庞的肤色、发丝的银色映着落日余晖的铜色。睡意来袭她就睡一会儿。一个小女孩坐在她脚边,背靠着轮椅的轮子。一根青草在她唇间翻来倒去。她穿了一条齐肩的褪色破裙子,光着脚。有一会儿,老希奥朵拉的手落在小女孩缺乏营养的枯发间。仿佛诊断出疾病一般,她错愕地缩回手。过了一会儿,老太太睡了。小女孩看着她,耸了耸肩膀。

妻子隆起的肚子成了瓦西里的新骄傲。他向亲朋报喜，向集市、酒吧的陌生人报喜。一个男孩儿，那可是他的儿子，他所有的寄托。他为他规划了一个美好的未来。夜里的月亮骗不了他。他会为每一个儿子规划远大的前程。他的儿子将纷纷成为成功人士，成为企业家。他们将平等地享有大多数人应有的权利，受人敬重。为此他们必须首先成为战士，他们也一定会成为战士。瓦西里远眺，风谲云诡如万马奔腾，人世也如此，拒绝卑微的人理应用尽一切手段为荣誉而战。"瞧瞧，马多尊贵，它绝对不会容忍羞辱。马接受规则，而不是不公。"

希奥朵拉帮她婆婆干活儿，帮她公公干活儿，帮姑嫂干活儿。当然，帮她丈夫干活儿。希奥朵拉就是干活儿的。起早贪黑地干活儿，直到她失踪不见。她不说或者少说。她已经学会了骂不还口，学会了不要大惊小怪。原先她还躲着哭，后来她不哭了。婚礼后阿拉丹再也没有出现。五个月了，肚子里的孩子都会动了。夜里躺在床上，她便由着瓦西里摸她的肚子。因为他想，她是他的所有品，她服从他。这一个冬天格外的漫长，霜雪让人们屈就于逼仄的生活空间。孩子们总是喊饿。多少做母亲的跑到服务区向农民讨吃的。春夏时,她们最大程度地利用自己的身体。户外劳作重启时,她们所做的一切并不计算在内。没有保暖的衣物,孩子们冻僵了。没条件便创造条件,瓦西里经常离开营地上城口的集市去。对于这个家庭而言,结婚的开销过大了。得想办法赚钱。瓦西里的商业头脑算是打磨出来了,他父亲帮了很大的忙,教他算计,在马匹的数据上作假。他赢得了众人的尊重,很多人愿意听一听他的意见。父子俩名下的马匹越来越多。瓦西里公开表达过自己的观点:周围到处是财富,怎么就不能属于他,怎么就不能再估算?

每到深夜的时候,希奥朵拉就问自己,生孩子能带来幸福吗,勉强的婚姻让自己成了自己不愿成为的那种女人:彻底地屈从于男权。尤其在孩子的教育问题上没有任何的发言权,如果生的是女孩,尤其如此。希奥朵拉不知道自己有没有反抗的能力,这个疑问让她总是头晕,躺在自己丈夫的身边,她心中充满了各种矛盾,一夜又一夜地辗转难眠。有一天夜里,瓦西里醉了,总觉得自己被一个买家骗了,他粗暴地弄醒希奥朵拉,要跟她做爱,强硬得还想打她。希奥朵拉不从,他狠狠地揍了她一顿。两天后,希奥朵拉流产了。瓦西里要希奥朵拉和上帝原谅自己。特别是上帝。接下来的几周,母亲和姐姐训斥希奥朵拉时,瓦西里总是站出来维护她。他还特别关照她要多休息,不让她干重活。希奥朵拉看不出他的变化有多真诚。祖母那句"你得服从他"不断地反复,仿佛悬崖边不断撞击的惊涛骇浪。夜以继日地时时刻刻回荡在她脑海。

春天时瓦西里的妹妹安吉丽卡要结婚了。瓦西里的妹妹十五岁,新郎帕维尔十九岁。帕维尔跟着瓦西里做买卖。一天夜里,两个年轻女子坐在炉火边,希奥朵拉告诉安吉丽卡,自己的青春一去不复返,但是安吉丽卡可以保护自己,不再重蹈覆辙。

"瞧瞧我,我现在这个样子,你认为我幸福吗?"

"我和你不一样,你冷漠,永远一副拒人千里之外的模样。男人们的目光在你身上停留,因为你长得漂亮。他们想要你,我哥哥要你。但你的身体不是为男人而活。你的身体没有任何反应。你就没有任何欲望?一点都没有吗?我的身体告诉我,它需要一个男人。我要把自己的身体献给我的男人,我要满足他的欲望,当然也要让自己开心。我的乳房是他的,我的腹部,我的双唇全都是他的。我还年轻,年轻是我的资本,这也是我母亲告诉我的。我要生活,我想要被爱。"

安吉丽卡并不在意希奥朵拉的眼神,反而笑了。她的笑洋溢着肉欲。她还说:

"至于我的心,没人知道那里面有什么,又是什么做的。但是如果没了人,就像老话说的,世界就要变荒漠了。我倒要说说你,希奥朵拉,你浪费了你最好的年华。"

希奥朵拉气得直哆嗦。"瓦西里全家都是这么看我的,其他人呢?阿拉丹呢?"想到这儿,希奥朵拉心痛得快窒息了。她可以不在乎其他人,但她不能不在意阿拉丹,他不能这么看她,不能像安吉丽卡说的那样看不起她。内向的阿拉丹再也没有出现过……第一次,她心里反反复复一个疑问,折磨得她痛不欲生:"他没出现的时间都和谁在一起?"她嫉妒自己想象出来的女人。夜梦中阿拉丹被多少滚烫的爱人身体烘热着。梦见阿拉丹的夜里,她让瓦西里抱紧她,要她,吞了她。

安吉丽卡婚礼当天,希奥朵拉跳了舞。婚礼在沿河的草原上举行。每年的这个时候,成群的鸬鹚与羚羊迁徙而来,安吉丽卡从小就喜欢这里,特意选择在这里举办婚礼,欢庆自己的婚姻,以及夏日的来临。夜幕降临时,人们点燃了熊熊的篝火。

希奥朵拉一出现,便挑逗男人,她要瓦西里看清楚,她有的是手段决定自己的命运。她的双手、她的胸、她的臀,在旋转中轻晃。手腕的镯子银光闪闪,胸口的领子半遮半掩,露出隐隐约约水绿的衫子,紫罗兰与玫瑰的矢车菊蓝色长裙随着她摇摆的腰肢和腿旋转。瓦西里的朋友们要大场面,她满足他们。帕维尔的朋友们同样想看大场面,更想要乐子。两群人混到了一起。希奥朵拉邀安吉丽卡共舞,垂涎的男人越聚越多。舞动中两人比拼的气焰逐渐高涨,伴以兴奋的欢呼。新郎的友人声浪不息地为安吉丽卡助兴。希奥朵拉与安吉丽卡两人的目光在彼此身上游移、流连、分开又胶着。她们放声大笑,让在场的人一起见证她们的恣意与坦荡。新的比拼开始了,谁来领衔下半场?是希奥朵拉,是安吉丽卡,还是演奏的音乐家?身体与琴弦碰撞舞与乐的火花。舞者的双手捂热曼妙的身姿,音乐家的指尖拨动琴弦。呼吸与心跳加速了律动。呼吸、心跳、指尖与大地共振,直至地心深处。

远处一个声音,一支悲歌让希奥朵拉恍了神。只有瓦西里注意到了。成千上万次的训练培养了一个驯兽师的敏锐,同样地,瓦西里捕捉到了妻子的恍惚。全场的热度并未减退。掌声、欢呼声此起彼伏。瓦西里也加入乐舞的竞技场。觥筹交错中,人们环绕着两个年轻的姑娘,接近她们。其他女孩扭臀、摆肩、抖胸。几个男人光着膀子斗舞,炫耀钢铁一般的肌肉线条。远处那支悲歌钻入地下,顺着草叶抓住希奥朵拉的脚踝。大地会说谎吗?降临的黑夜会说谎吗?希奥朵拉油蓝的双目蒙上了一层黑,让她的身体放缓了动作。她整个身体都在听,又极力掩饰自己的变化:爱让她战栗,心里的欲望在横冲直撞。希奥朵拉仍在回应安吉丽卡舞步的挑衅,为她开心。手风琴演奏的悲歌来自相邻的树林,赞美诗一般舒缓、迷人,教希奥朵拉迷醉。除了她之外,还有谁听到?阿拉丹来了,树林看不见的某处,阿拉丹在那儿呼唤她,音符在昏昏欲睡的河面雀跃。希奥朵拉的舞姿更妩媚了,她在细细地观察每一个爱慕者的脸庞,无论男女。她害怕被人出卖。现在她可以肯定,没有人留意到树林那边传来的音乐。

夜幕缓缓地降临在婚礼现场。满月登场。男人们无休止地鼓噪。上了年纪的便走到河边说话,安排相亲、结亲。希奥朵拉假装败下阵来,让婚礼的主角,美丽的安吉丽卡享受胜利的喜悦。

老希奥朵拉对小女孩说:

"那天跳着舞,我仿佛看见阿拉丹站在我的面前,他半闭着眼,下巴触到手风琴,即兴弹奏了一支曲子。那乐曲强劲、清新又自由。阿拉丹演奏到忘我的境地,不需要热身,不需要构思。乐声在无垠的天际与奔涌的河水间流淌。我无法抗拒他神秘的气息。盛宴之后,我仿佛山谷间走钢索的人,我眼前分明有一堵看不见的墙。"

小女孩将胳膊肘搭在轮椅的轮子上:"我一句都听不懂。"

通往树林的路灰尘仆仆。一路虞美人、蓝莓、洋地黄。比夜更浓的阴影迈向手风琴声,将喧嚣的歌舞与酒精抛在后面。此刻,希奥朵拉迈开了脚步,仰着头,迎向夜空。手风琴指引着她迈向自由之路,她再也不会偏离此刻的轨道。阿拉丹要她一起去鸟岛。她无法抗拒他的呼唤。希奥朵拉知道自己在做什么,她不去想后果。脚乘着白月光,希奥朵拉的心中一片澄明,仿佛听到内心深处升起久远的歌。

这时她看见了他。瓦西里在等他的妻子。嘴上叼着烟,揭开扣子的衬衣露出毛发旺盛的结实的胸膛,一手拎着空酒瓶。他当着她的面撒尿,喉咙发出刺耳的笑,让人毛骨悚然。他挑衅地望了天一眼,扔开酒瓶。他让她解释。只有小偷才会从宴会上偷跑。他羞辱她:"这时候你到树林里做什么?大晚上的哪个女人会跑进树林?除了那些浴火难浇的,一身骚。"希奥朵拉不说话,温柔地看着他。他当她是淫妇、不守妇道的女人,愤怒得双手打战,酒后双眼布满血丝,浑身透着残忍的狠劲。希奥朵拉怕了。树林中的音乐环绕着树木，越过枝丫，攀到更高的地方，在风轻云淡间探望。瓦西里似乎听不到。音乐是一道坎，将瓦西里与希奥朵拉隔开。音乐是希奥朵拉的盾牌和欲望。瓦西里抓住希奥朵拉的胳膊往树林外拖，击碎了她的盾牌和欲望。"你喜欢那个拉手风琴的人？他那种猫叫让你湿透了？让我知道是谁，我宰了他。我虽然不知道他是谁，但我看得很清楚，你被勾引得像只发情的猫。你给我看清楚了，母马该怎么骑，犯了倔就该吃苦头。"

希奥朵拉不接话。毫不示弱地看着她丈夫。瓦西里想占有她，她是他的妻子，他想蹂躏她。就现在，就此刻。他强暴了她，她没有反抗。完事后他在她身上沉沉地睡去。

夜带走了手风琴声。

看着月升，她的双眼灼热。希奥朵拉下决心学习阅读和书写。她要远离她的丈夫，她要活出不一样的样子，不要像那个出卖自己、买办婚姻的父亲。但是母亲不一样,母亲和那些抛弃自己的人不一样。她想要和阿拉丹联系上,而其他人都没办法知道。为了避开阴魂不散的婆婆。就在这一刻,她决定了:不再遵循那些习得的、灌输的、翻来覆去重复的无聊的道德。她感觉体内有一股力量苏醒了并滋润着她,让她可以继续活下去。发泄完醉倒过去的瓦西里压在她身上,希奥朵拉隐隐约约地看到无边无际的自由,无边无际地包裹她,让她以为自己失去了理智。

希奥朵拉做到了:她跟着邻城一位女医生学习阅读、书写。她学得很快,全身心都投入进去。瓦西里并不反对,虽然他想掌控自己的妻子,但她学到的知识在生意上能帮到他。希奥朵拉反倒没想着借由生意打开更广阔的天地。他让自己的母亲和姐姐看好希奥朵拉。干完家里的活便到了晚上,这时候希奥朵拉开始学习。她迫不及待地将心田中翻滚的湿意写在纸上。婆婆为自己优秀的小儿子操心。瓦西里一再的容忍、软弱只会招来不幸,况且希奥朵拉生不了孩子。要让她这辈子都见不到自己孙子吗?她在想些什么呢?希奥朵拉的婆婆求上帝和圣母玛利亚宽恕,她只不过在胡思乱想!瓦西里已经等得不耐烦了。朋友都笑他不像个男人。婆婆不断地找希奥朵拉的麻烦。"不生孩子的女人被魔鬼附了身。不生孩子你算什么女人?你蛇蝎心肠!你母亲真该死!她没教你一个妻子应尽的本分!你现在这个样子就是缺教养!你看看安吉丽卡,她现在已经是一个男孩的母亲了,而且又怀上了。招人爱的女人都得生孩子,生很多孩子。"

有一晚,瓦西里没从城里回来,第二天以及第二天的晚上仍然没有他的消息。希奥朵拉没吭声,她等待着。第三天晚上传来了消息:瓦西里进了监狱。瓦西里酒后和人交易出了问题,打起架来。双方都动了刀子,最后对方进了医院。希奥朵拉还是不吭声。她陪婆婆到监狱探望,带了些食物、衣物和烟草。她还专门为了瓦西里换了条漂亮的裙子。在一个无窗的阴暗房间里,希奥朵拉在等她的丈夫,婆婆在等她的好儿子。狱警推搡着戴手铐的瓦西里进了屋。狱警都讨厌茨冈人,以羞辱茨冈人为乐。有时候他们专门挑出七八个牢房来折磨茨冈人。几平米的牢房内臭气熏天,根本没法住人,而且牢房内的茨冈人被禁止与其他囚犯接触。两个月的时间里,希奥朵拉每天往返于监狱和家中,带着面包、肉和烟草。她仍旧没有打乱自己的计划。她对自己的丈夫并不抱有任何的期待。第三个月,希奥朵拉告诉他:"我怀孕了。"瓦西里不信:"这孩子不是我的,你和别人睡了。"希奥朵拉不理解,她向他发誓,孩子是他的。婆婆随时随地监视她,她同样不相信希奥朵拉,于是想方设法地要找出希奥朵拉出轨的对象。有一天,瓦西里告诉希奥朵拉,他要休了她。时时刻刻,几近六百个昼夜,瓦西里日思夜想地希望希奥朵拉为自己生个孩子,等到他进了监狱,她却告诉他她怀上了。"我要杀了那个人!我怀疑就是那个拉手风琴的人。只要他在世上一日,我就绝对会把他找出来,让他不得好死。"

希奥朵拉一再地解释。

希奥朵拉的肚子越来越大了。瓦西里拒绝见她。婆婆虐待她,让她没日没夜地干重活,不停地羞辱她。婆婆还警告其他女人:"千万别被她表面的矜持骗了,她就是个骗子。"

对希奥朵拉的婆婆来说,祖祖辈辈的女人都是这么过来的,另辟蹊径的人的灵魂绝对被魔鬼腐蚀了。"她要写字做什么?看懂字了她要做什么?我从来不需要。我的母亲,母亲的母亲,她们就是这么过来的,她们需要看书写字吗?根本不需要。希奥朵拉为我们这个家带来了厄运,还给瓦西里戴了绿帽。当初我丈夫就不应该答应这门婚事。"

安吉丽卡维护自己的哥哥,不愿意和自己的嫂嫂说话。她认为希奥朵拉应该付出代价。

夏日,以及夏日里缤纷的色彩、纯净的水光和青草的气息一起走了。希奥朵拉回到娘家,向母亲诉苦。她将心中的苦闷、恐惧、疲惫倾吐而出。母亲却首先问她孩子到底是谁的。"孩子是瓦西里的,妈妈,我发誓。"母亲相信她,并驳斥瓦西里的母亲散播的谣言。希奥朵拉兴奋地打开笔记本,那上面写满了母亲看不懂的文字。她一边翻页一边说:"妈妈,你看。"母亲点燃了一根卷烟:"我一辈子只有一本书,我出生时母亲给了我,后来我又传给了我的孩子们。那就是生命。我这本书,因为我走过的大地,因为我穿越的四季,越来越丰富。大地孕育了果实以滋养我,又供植物生长以疗愈我的身体,当我们死去,仍然是大地接收我们的身体。我这本书中写满了水的信息,我用水清洗自己的身体,我在水中捕鱼,夏日里孩子们光着身子在瀑布下戏水,水是我们的生命之源。从水中窥视的人首先被水吞噬了影子。你的祖母总是这么唱着,夜里水天一线,忧郁那么漫长,教人难以入睡。我这本书是由我呼吸的空气写就的。无论是自由还是抹黑了我们肤色的拒绝,我们人生的道路上都有供我们呼吸的空气,空气承托着鸟儿飞跃江河湖海,越过高山,穿越森林。我这本书描绘着无视界线的风的脉搏。冬日里,围坐在火边取暖的人讲述着、再创着故事,我在这些故事中阅读这本书,我在一日三餐的炉火中阅读这本书。满月之光点亮这本书,我翻阅着,也解析繁星的信息。雨云来了,或者下起了雪,这本书便打开了。这本书爱策马奔腾,也在春日新花绽放时展颜,在秋风萧瑟时呜咽,在风掀起我裙裾时笑开了颜。午后树荫微颤,我的书附和。我的书告诉我,茨冈人从不离开,不去别处,茨冈人穿越的地方都是家乡,茨冈人走遍的大地都是故土,茨冈人的脚步是无止境的迁徙。"

母亲缓缓道来。这番话她从未向其他人吐露。"我书中的话在小提琴体内沉睡,它倾听皮鼓下绽放的笑,它因为吉他腹中的欲望而充实,书中流淌着我的激情,我的情绪、我身体的感触、我的本能在爱的深渊与世界之夜的透明中清晰。我的祖母、我的母亲和我都有这样一本书,教会我们与植物对话,与森林里的动物交流。生于黑暗又回归黑暗的人性的极端与疯狂,丰富着我的书,黄昏的光热中,我腹中的体液、我的乳汁、性爱、丈夫的双唇同样书写着我的书。我只有这一本书。"

希奥朵拉终于说话了:"你给了我一本最特别的书,只不过后来这本书发生了变化,随着我的阅读而不断丰富。"

母亲的手放在女儿的腹部:"你已经做出了选择,希奥朵拉。曾经我的母亲对我说:'无论什么时候,无论白天黑夜,你都要敞开自我。'而我当时是这么说的:'你这是把我往悬崖推。'希奥朵拉,你明白的,你拥有男人一般的毅力,但我会看住你。"

年轻的希奥朵拉问母亲,她的书有没有因为贫穷、苦难而沉重,有没有因为见惯了卖淫、剥削而变得冷漠,有没有衡量过权力如何腐败,能不能辨别教堂、寺庙、犹太教堂、清真寺中的布道都是骗人的假话,她的书有没有听过战火、屠杀,有没有听到反抗的高歌。希奥朵拉听不进母亲的话。她看着母亲深色的肌肤:"我是白皮肤的黑人,我是奴隶的后代,生下来就在等死。在这点上,你、我、你的父亲,我们都一样。茨冈人注定被驱逐,谈不上生存。"

至于希奥朵拉想要换一种方式看世界,母女俩没有多说。做母亲的既为她担心,同时也为她开心。她似乎已经看到了女儿增长的智慧,虽然她并不确定。有一天,希奥朵拉对母亲说:

"白天的时候你总是表现得很开心,充满了活力,又体贴,但是到了夜里,有的时候你似乎很生气,甚至恶毒。

"有时候到了夜里,我又变回从前的样子,仿佛生活从未伤害过我,我依然与森林、溪流为伍。当寂静充溢着我的闲暇,我的书总会提醒我我的来处。"

瓦西里出狱时,希奥朵拉的孩子一岁了。孩子取名卡门。分娩前希奥朵拉又回到了婆家。希奥朵拉再也没有和瓦西里说过一句话,也没有任何关于阿拉丹的消息。人们说他离开了。但没有人知道他去向何方。希奥朵拉给他写信,然后藏在衣物、首饰、放童年小玩意儿的盒子里。皮面、柳条做的木箱里收藏的物件代表了整个家族的历史:那是她的外祖父作为苦役在修建地主宅院、修道院时脚踝上戴的镣铐。希奥朵拉写诗。写信时她并不倾吐爱意,她描述日常的琐碎、她的颓丧以及活下去的坚决。夜晚总是宣告着忧伤的来袭。对希奥朵拉而言,一字一句是雷电交加,是紧紧相拥,是每一根神经在跳动,是月影婆娑,是珠光的奶白,是萌芽的情绪,是山石不移,是种子的播撒、沉醉的雨、灵魂的风暴、爱的追问,是日思夜想爱人的臂膀环绕她的臀。她手握铅笔一字一句用心地写下。铅笔芯在字里行间游走,力透纸背,爱抚着每一个字符。珍藏的一封又一封信件是她全新的财富。圆形的铅笔头描摹着艺术字。笔尖仿佛揭开惊喜的手指,因为她的精血、她的乳汁而流淌着生命。在希奥朵拉的笔下,孩子们严肃起来就种下了大地。她看着熟睡的卡门,说起自己的苦痛与希望,轻声地朗读,卡门躺在她的身边。冬日的夜晚,她撕下冻伤后黑色的死皮。夏日干燥,她带孩子到森林深处厚厚的草甸上玩耍。希奥朵拉说的话、写的字都源于深深的欲望。

希奥朵拉写下的话不会睡,如星光璀璨、亡者的泪,如圣母永眠。就连写字的手也分不清,一字一句到底是采撷自风中,还是与边界带刺的铁丝网碰撞的火花。希奥朵拉的话写满了不服从、对说教的拒绝、情色与乐不思蜀、孤独与同情、不理解与反抗。或者舞蹈与缝纫、微醺与幻灭。有时候恨太沉,无力继续,她便书写等死的心。节日热烈的旋风席卷村庄,当人们不再因为贫穷而恐惧时,当夏日炎炎人们闭上眼睛时,希奥朵拉的文字便找到了自己的位置。希奥朵拉的文字不分时间,因为希奥朵拉的时间不再仅仅关于她的生活,她因为书籍穿越了时空,看着蒙昧主义的宗教人士与金丝制服的戴菊莺占领的城市上空被棒打的爱情之鸽振翅。

希奥朵拉将迈向解放与正义之歌。她将触及无花果一般柔软的蓝紫色黎明之美。她接受生存充满不安的现实,然后步入自身的无限。

牢狱之灾彻底地分化了瓦西里与希奥朵拉。在瓦西里看来,希奥朵拉的所作所为不值得原谅,更不值得他放低姿态。他没有找出给他戴绿帽的人,但他深信卡门不是自己的孩子。"希奥朵拉应该自己抚养那个没爹的孩子。"瓦西里另娶了一个,那女孩叫阿丽娜,十四岁。瓦西里二十三岁。阿丽娜出身于一个贫苦之家,在家中排行第四,被父母许配给富裕的瓦西里。那姑娘肤色很深,身形瘦弱,尚未发育完全,人很野性,但会听话。别人劝她赶紧给瓦西里生个儿子。瓦西里找到从前的好友。几个月的牢狱生活让他迫切地渴望打倒敌人:公然宣称茨冈人为下等人的人,以及从政策上践行种族歧视的人。还要打倒那些下令修筑高墙将贫民窟隔离的人。"我们再也无法忍受祖辈咽下的屈辱。我们再也不能容忍枷锁与脚镣的桎梏。为了我们的自由,为了我们的尊严,以及权利,我们将战斗不息。"

希奥朵拉和她的家人生活在一起。那时她二十岁。她想念阿拉丹。因为想念所受的苦与胡思乱想,她一力承受了——随便躺在不爱的男人的臂弯里，排遣孤独。向她释放追求信息的男人她都接受了，没有任何欲望，也谈不上享受，单纯的一夜情而已。有一天她向阿拉丹忏悔："我等你等得都疯了。实在太痛苦了，为了暂时忘记痛苦，我只能接受别的男人的示爱，这样一来再也不用独守空房了。恐怕内心深处我就是荡妇吧。"

老希奥朵拉睁开眼睛。小女孩对她说:"你的眼睛像灯泡。"老希奥朵拉说:"我渴了。"小女孩端来一杯水,好奇又有些贪婪地看着老太太戴着手镯的手将杯子送到嘴边。老太太伸出手,想要摸小女孩的脸庞。她的指尖停在她的唇边,滑向鼻尖,停在她的眼皮上。"你把我弄痒了。"老太太的手在游走,在讲述过往的回忆,关于树木、爱情与河流。无尽的回忆消耗着她。老太太模模糊糊地看见小女孩围着轮椅打转。她想告诉这个连自己名字都说不上来的女孩什么是爱。

"你为我讲一个故事吧。"老太太说。

"我不会。"

"你至少有一个故事可说。世上任何一个人都至少拥有一个故事,即便很短。"

小女孩不说话了,她在思考,依旧围着轮椅打转。她小声地唱了起来:

"我嘛,我只知道一件事,树上不结沙丁鱼。"

小女孩停下来,手搭在老太太的手腕上。

"给我一只手镯吧。"

"做什么用呢?"

"为了戴啊,喏,就这样。"

"你会弄丢的,你手腕太细了。"

"给我一只手镯。"小女孩重复。

"是你妈妈让你跟我要的?"

"不是,我就想要。"

小女孩继续围着老太太打转。她问了一个问题:"风转向真的是因为风车吗?"

一老一小互不搭理。

老太太对小女孩说:"你听。"

几只乌鸦在嚷嚷、斗嘴,争地盘。她说:"这就是笑人的乌鸦。"

"一战"后十五年,推出了新的法律针对公开不受欢迎的人群。当地政府能够依法逮捕、追捕甚至暗杀悍匪之流,要根除他们这些祸害,阿拉丹、希奥朵拉、瓦西里及他们的家族都在此列。比如热心地强制妇女节育。任何形式的反对或抗拒都会招致暴力的镇压,久而久之便形成了畏惧政权、顺从政权的阴暗氛围。举报之风渐起。茨冈人聚居区内持续不断的高压恫吓,逼走了大量家庭。人群之间派发防范的手册,或者直接出言预警。这是一场无情无义的残酷战争。逃跑,逃往他方就是唯一的出路。

春日里一个午后,时间尚早,铁卫队的一群民兵冲进车中,包围了希奥朵拉家及其他家族共建的营地。全副武装的民兵口中充斥着谩骂与命令,拳脚交加,无人得以幸免。他们命令男人点燃炉火,焚烧指定的贵重物品:吉他、小提琴、手风琴、匈牙利扬琴。孩子们被要求放火点燃生存用的工具。孩子们拒绝。一个民兵一枪打中一个孩子的颈背,另一个孩子死前甚至完全没来得及反应。一个女人惨叫。一个民兵不让她动弹。一个长者劝年轻人服从:"不是不报,时候未到。"民兵让女人拿出珠宝首饰,然后放火点燃了马车和大篷车。留守的民兵享受着屠杀的乐趣。有的借啤酒和白酒助兴。每个人都配有步枪或者左轮手枪。这些误入歧途的青年傲慢又残忍,怨声、祈求、哭诉,甚至铺天盖地如乱石的辱骂,和他们母亲一般的女人的双眼也无法动摇他们。

希奥朵拉写满了几本笔记本,装满了一个篮子。她在上面盖了一条披肩及卡门的一条脏的旧裙子。她想把篮子藏在枯枝下面。一个民兵走过来,笑着说:"给我。"希奥朵拉看着眼前这个长着青春痘的高大的年轻人,他的脖子很粗,上唇盖了一圈密匝的浓须。他重复道:"拿来。"

希奥朵拉迎向民兵的眼神。她摇头。民兵又笑,接着用皮带抽她的脸。他平静地拾起篮子,将披肩和小裙子扔在她的脚边。卡门牵起母亲的手。那时她三岁。民兵翻开一本笔记本,看了几页便一把揉了。他脸上始终挂着笑,他把篮子递给希奥朵拉:"把它烧了。"她一动不动,毫不示弱。

希奥朵拉听见一个民兵对欧菲拉西亚说:"母狼,张开你的腿。"欧菲拉西亚坐在草地上,她应该只有十六岁,没人知道她确切的年龄。她的祖母为她取名欧菲拉西亚,因为出生的那天她没有啼哭或哭闹,而是鸟声啾啾般地轻笑。年轻的欧菲拉西亚身躯沉重,胸和胳膊都很厚实。她很害怕,双手环抱着胸。希奥朵拉看着她。压抑的沉默蔓延整个营地。民兵破口大骂:"狗娘养的,脱了你的裙子。"欧菲拉西亚没动。那家伙逼她起身。他解开皮带,用枪推着她往前。欧菲拉西亚摔了一跤,双膝跪地往前。民兵抬起枪托往她屁股上使劲地砸,强迫她仰面躺下。希奥朵拉看着。她听见身旁那个长着青春痘的民兵的喘息。另一个民兵解开裤裆,压在欧菲拉西亚身上,强奸她。希奥朵拉闭上眼睛。字句涌入她的脑海,她感觉有话要说,眼睁睁地看着一个男人如此蹂躏一个年轻的女孩,她感觉体内有火山在爆发,恶心得快吐了。没有人忍心看下去,没有人。

很久很久以后希奥朵拉会告诉世人:"当时其他民兵

的枪口对准着所有人。"另一个民兵压在欧菲拉西亚身上,他浑身上下、里里外外充斥着酒精的味道。他满口污言秽语,欧菲拉西亚听不懂。欧菲拉西亚的哥哥冲上前,一颗子弹射穿了他的脑袋,他猝然倒地。第三个民兵骑到欧菲拉西亚身上,欧菲拉西亚的神情已经呆滞,全身冻僵一般抽空了她的灵气。"她再也不会做梦了。欧菲拉西亚再也不是欧菲拉西亚了。她再也无法看见带来一切财富的灵光。炉火的温热再也无法抵达她的身心。压在三个男人身下被撕碎的身体再也不是她的身体。她这一辈子就这样被乱石堆碾碎了。女人们不忍心,闭上了眼睛。一位长者喊出了声,对着民兵大骂,一颗子弹穿透了他的胸膛。"

第三个民兵起身。欧菲拉西亚不吭声。她张开的嘴仿佛一个无声的空洞,通往无底的深渊。原本那双充满斗志的蓝眼睛被强奸犯制服的黑遮盖。她是否仍然不切实际地期待上天给她一个交代?远处,一个民兵从一个母亲的怀中夺过嗷嗷待哺的婴儿,往地上一扔,一刀插进母亲裸露的胸膛。"不能让有毒的乳汁继续污染我们的土地。"柴火噼啪作响,夹杂着目瞪口呆的众人惊愕的叹息。希奥朵拉装本子的盒子燃起火。木头在火中燃烧,书页遇热蜷曲。长着青春痘的年轻民兵抓住希奥朵拉的胳膊往火边拖。一个男人掏出一把刀的当会儿被一枪毙命。叫的狗被宰了。年轻的民兵重复命令。希奥朵拉一动不动。长着青春痘的民兵还在笑。皮带更猛烈地抽在她的肩膀和胸口处,希奥朵拉疼得站不稳,滚倒在草地上。短上衣洇出一摊血。卡门哭了。年轻民兵放声大笑着将篮子扔进火海。书页、受伤的蝴蝶在火海中翻飞,直至沦为猎物,最终化为灰烬。希奥朵拉的手攥紧了地上的草。火光中她看到欧菲拉西亚一动不动,如同死尸一般。所有人都看在眼里。男人、女人看着她分开双腿,看着她被人踩躏,看着她的腹部,看着她的裙子被掀至胸部。希奥朵拉看着长痘的年轻民兵与自己的同伴汇合。他们玩得很尽兴。这里犯下的罪行在别处,在明天,后天,后天的后天还将继续。社会的渣滓必须清除干净。他们自恃恪守本分地完成任务,合法且免于任何的处罚,于是心安理得地离开。

没有人敢接近欧菲拉西亚，因为被人糟蹋的身体混杂着薰衣草的香与动物尿液的臭。希奥朵拉同样目睹了一切：欧菲拉西亚的身体笼罩着神性，周围一圈的草竟然同时干枯了。夜幕降临在营地，一刀切地完美避开了欧菲拉西亚周身的一圈。萤火虫在她身上翩翩起舞，她的双眼有火星闪烁。欧菲拉西亚的手指死死地扣住土地，泥土没过她的指节。她的生殖器流着血。欧菲拉西亚闯进那个光圈，一时间光圈消失不见。天亮了。母亲轻抚欧菲拉西亚全身的肌肤，为她整理裙裾，直至没过双脚，将她的手指从泥土中抽出，靠近她，将她抱入怀中，扶她坐起来。顿了一会儿，母亲说："欧菲拉西亚虽然胖，但稍微重一点的柴火都不曾搬过，她反复唱起的歌和教堂里的赞美诗很像，时而高亢时而低沉，像是一个人组成的唱诗班。"

直到人生最后一刻，希奥朵拉也无法忘记烧杀掳掠中民兵头子从始至终的冷静与凶残。白皮手套避免脏了他的手。他抽烟，不需要说太多话。他庄严地一声令下，其他人等便释放自己的兽性，做出恶心的勾当。给人感觉他在评估下属的行动,似乎一眼就能看穿他们思想的价值。这份冷静、沉着与确定,真的单纯因为恨吗?希奥朵拉不理解。

希奥朵拉不自觉地哀号了一声。卡门疑惑地看着自己的母亲,想躲开。希奥朵拉抓住她的脚踝,让她靠在自己怀里,不让她动弹。小卡门指着母亲胸口的血迹。希奥朵拉号啕大哭,夹杂着柴火噼啪作响的声音。在希奥朵拉的记忆中,那天的最后她继以嘶哑的呻吟,持续了很久。她听到有人说:"不就是几页纸吗?至于这样吗?"

一片哀号中,欧菲拉西亚的母亲摇晃着已然行尸走肉的女儿。女人们祈祷。一个男人要了一件武器自杀了。

女人不再哭哭啼啼,男人也不再念念有词。谁也不看谁。一个女人双膝跪地,躺在两名死难者之间。她就是那个惊恐地哭出声的女人。她为自己刚刚步入青春期的双胞胎姐妹哭泣。孩子们躲在母亲的裙下。希奥朵拉的母亲走到她的身旁,将卡门抱在怀里。希奥朵拉仍旧坐在地上,双手不住地拔起一丛又一丛的草。

欧菲拉西亚永远也没有机会描述吞噬她的黑洞,她再也不会说话了,她的灵魂跟着她的肉身走了,她甚至都不知道了,一切都了然了。

冷却的灰烬中,赫然露出乐器的金属弦,以及希奥朵拉曾祖父脚踝上的镣铐。

仿佛直抵深渊的沉默打破了,两个年轻死难者的母亲自言自语:"为什么?"每个人都在重复这一问题,它滚雪球一般越积越大,最终变成无问的祈祷。"为什么"三个字从口中说出,撕扯的却是每一个人的内心。

欧菲拉西亚被民兵强奸,生下两个孩子。怀孕对她而言意味着一个身体支撑着三具尸体。如果她能说话,她会说:"我感觉不到他们的存在。"火红的满月夜间,她为自己分娩,没有寻求任何帮助,然后将两个孩子扔在金花菜田里。别的女人收养了两个孩子。一男一女两个孩子,男孩肤色如泡沫的白,女孩则属于浅浅的橡木色。女人们不知道两个孩子嘴里哼唱的是什么歌,似乎在预告潮汐的运动、月亮的圆缺,以及云卷云舒。那歌谣似乎在讲述河流无休无止的流逝,预示着人类历史上史无前例的灾难。那是一首永恒的哀歌。两个孩子的嗓音如金子般闪亮,又如玉石般温润,身体散发出燕巢湖面浮动睡莲的香。两个孩子生下来就是独眼,男孩那只眼睛用来看月亮,女孩的眼睛用来日间指引道路。孩子们眼中的青瓷绿一模一样。白肤色的男孩长着一头乌黑的头发。橡木色女孩的发色是麦穗的颜色。两个孩子肌肤如丝绸般滑腻。他们一起长大,从未分开。六个月大两人就能开口说话,异于常人地早熟。他们会告诉人们,尚在母亲腹中他们已经在成长,手牵着手,因为爱与欢愉而合为一体。他们抓起指间尚未燃烧的炭,投进冻结的水面。他们可以直直地看着太阳,无须躲闪,仿佛群山之上的鹰。他们不知恐惧,也没尝过眼泪的滋味。面对人类的疾苦他们既不惊讶也无同情。欧菲拉西亚从未正眼看过他们,打他们从娘胎里出来她就当作没生过这两个孩子。

那晚之后,欧菲拉西亚对于生活无欲无求,甚至一个字也不说了。她没有任何期待地跟着家人无尽地漂泊,不思考也无疑问,任由自己沉沦。她的身体受不了霜冷、炎热、饥饿与渴,她像动物一样,睡很久。只要她睁开眼睛,被强奸的那晚跃动的火星就浮现在她眼前。无论她做了什么或者没有做到什么,周围的人都不会多说一句。年轻的欧菲拉西亚有一股狠劲,无论砍伐或者驯马都能拼过男人。宴会上助兴的酒她从来不喝,只喝解渴的水。她几乎是一夕之间瘦了。她穿一条肥大的罩裤,将两条扭结的皮带紧紧地系在腰间。她不说话,一副防御的姿态。胸已经缩小到李子那么大。生完孩子后,有时候白天她仍会躲到树林里睡觉。有时候会在马肚子下找到缩作一团的她。只有上了年纪的妇人能够接近她,给她喂饭。

而那对孪生兄妹见谁都叫妈妈,不分亲疏。

炮弹、炸弹袭击欧洲大陆，数以百万被洗脑的军人疯狂地杀戮，以灭绝为目的施行残暴的酷刑。受挑唆的宗派匪徒仇恨那些与自己不同的人，以种族清洗、异端清理为使命。他们将人类的恩人打造成堕落的俗人，系统性地破坏敌人生活所需的基础设施，清除那些对他们所宣扬的新生持怀疑态度的人。他们宣称自己的统治将超过一千年，从旧制度解放出来的人们将高唱新政权的赞歌。

天空再也不属于繁星、飞鸟与蜜蜂，天空已被飞行的堡垒、满载炸药又震耳欲聋的怪物所占领。燃烧弹将黑夜炸成白昼。大地再也无法孕育鲜花与蔬果，遍植大地的并非麦子与青草，而是恐惧。毒化的陆地再无理智与信仰。野蛮的狂浪席卷城镇。沙土翻飞，挤压着有限的生存空间。废墟下人们四散溃逃。配有履带的死亡机器碾压道路，破坏涂层，从田间地头驶过，留下深深的槽痕，让土地贫瘠，更向房屋住宅横冲直撞。河流吞咽着残肢，放眼望去河面一片猩红。森林中心挖乱葬岗的人亲手为自己挖掘了坟墓。任何抵抗必将招致针对平民的肆意、残暴且无差别的镇压，招致拆除房屋、破坏庄稼作物。

不计其数的家庭开始了穿越森林、原野的逃亡。他们被驱逐出乡土，甚至无法踏足周边常去的地带，曾经与他们共事的人也被迫流亡。原本的营地被洗劫一空，甚至惨遭焚烧。人们说他们倒大霉了。于是他们离开，为了换取平安。有的人决心离开这个国家，但对于国界的另一边仍然不抱任何幻想。一个又一个的家庭东逃西散。迈向未知地的迁徙中，希奥朵拉背诵从前写下的诗歌、字句，一字一句在她脑中不断回响，令她如痴如醉。她希望通过这样的方式让自己的身体发生难以描述的变化，避免堕入遗忘的深渊。字符在她脑中翩翩起舞，让她兴奋得夜不能寐。记忆的花园中有她的魂、死去的树木以及燃烧的灰烬。她将黏土敷在受伤的胸口。四散奔逃中人们念念有词，是因为恨，因为反抗，还是因为愤怒？或者纯粹是苍蝇的嗡鸣？教堂前的广场上，女人们挥舞的拳头、握紧的拳头又是针对谁？一位老人说，禽兽统治了这个国家："如今我们生活在残酷的海洋里，在鲨鱼与鲜血的夹缝中生存。"他的双眼及他衰老的身体道出了难以启口的话："给我武器，让我自我了结。"

政府第一次大规模驱逐人群至沼泽地时,希奥朵拉二十二岁。仿佛又回到了奴隶时代,不计其数的人离开城镇与营地。转移人口的规划与追捕成为优先事项。面黄肌瘦又疲惫的人群蹒跚跋涉。流亡的步伐溅起尘土,又沾在流亡人的身上。每一步都似哀叹。瘦马拉着装满破铜烂铁的大篷车与货车,稀稀拉拉地往前走。老人走在队伍的最后。有的人停下,一坐不起。一天夜里,轰炸后的仓皇逃亡中希奥朵拉与女儿脱离了大部队。希奥朵拉躲进树林,那时卡门四岁。饥饿的两人走进一个农场。农妇给了她们一些面包和土豆,换走了一条围巾。走远了一些,两人被人当作小偷追打。"我们的不幸都源于你们这种人。"希奥朵拉和卡门偷了些麦子、玉米和水果。

一天早晨,一个衣衫褴褛的男孩靠近希奥朵拉用树枝搭建的小屋。男孩的腰带上别着一把锋利的刀。只有他一个人。他的巧克力棕的眼睛看着卡门,而不是希奥朵拉。他将卡门抱在怀中:"我害怕,我迷路了。"他说他的父母被宪兵带走了。他还说他完全记不清具体发生了什么,又是怎么发生的。他不断地重复"我弄错了",他也不想这样,但说出口仍然是"我弄错了"。希奥朵拉明白,他一个人走了太久,他说:"我叫那鸿。"他不知道自己几岁了。他从包里掏出一个娃娃,递给卡门。希奥朵拉多了一个孩子。流亡的大部队接受了这个只有在卡门身边才能安静下来的孩子。

　　一天早晨,那鸿与卡门在河里洗澡,这时希奥朵拉发现男孩被割了包皮。

那对孪生兄妹倾听大地的心跳,破译河水异常的变化,然后将信息传递给各地的人。他们仍然不断提醒,灾难即将来临,也必然来临,人类只有两个选择:逃跑或者抵抗。为此他们拟定了计划,准备了对策。两人用同样的音色说:"各位已经步入被诅咒的衰退大潮,不久的将来各位将如丧家之犬,如刚来这世上两手空空,前路没有光明,只有窒息的命运,以及暗无天日。看看你们的身后,你们的面前,好好地看一看你们生死挣扎的牢笼与隔离。"没人把他们的话当真。孩子能懂什么?孩子看得能有多远?两个孩子还说:"跟我们来,我们为各位打开自由的门,我们将解救你们于无底的噬人沼泽,如果各位没有信心,请跟我们来。我们将不再恐惧,不再忧虑,我们将始终清醒。你们的面容写满了绝望与倦怠。我们的敌人拥有自己的军队,以及数一数二的杀伤性武器。但是敌军有一个缺陷,他们自以为坚不可摧,他们想不到抵抗的人民才是不可摧毁的。我们并不是在预言,我们早已看到了你们的未来。"

大伙儿任由两个爱做梦的孩子指点江山。两个孩子也总是点到为止。一天夜里,两个孩子向大伙儿告别:"你们虽然活着,但是你们已经死去,只是你们没有意识到。"大人们嘲笑孩子毫无根据的奇谈怪论。大人们有自己操心的事情,有更紧要的问题要解决,便由着两个孩子胡思乱想。

第二天一早,湿润而柔软的黎明,两个孩子不见了。照顾并收养他们的人们再也没有见过他们。

士兵突围并包围了希奥朵拉与两个孩子的临时避难所。流浪或者半流浪的茨冈人必须被关押到劳改营。男女老少被抓走,数以万计的人关押在集中营里。主要靠铁路及徒步。徒步的话需要很多天。希奥朵拉、卡门和那鸿一直在一起。能够闭眼休息一会儿的时候,那鸿和卡门两兄妹便彼此靠着睡一会儿。徒步的队伍鱼龙混杂,充满变数也混乱。想要逃跑的年轻人都被枪杀了。粮食快见底了。一天早晨,在精疲力竭的人潮中,希奥朵拉认出了欧菲拉西亚,她一副男人打扮,脏衣破裤,不顾形象,在她的脸上既看不到痛苦也看不出疲惫。欧菲拉西亚机械地朝前,没有灵魂地睁着眼睛,不发一言。她的母亲和其他女人一路看着她。她明白发生的一切吗?希奥朵拉不知道。徒步的途中总能听到低声的祈祷。抵达营地后,迎接他们的是拳打脚踢、发号施令与凌辱。看守没收了他们的所有财物,一个女看守抢走了卡门怀里的洋娃娃,还夺走了那鸿的刀。所有人换上了囚服,剃了光头,男的被剃光了胡子,无论男女都被强制绝育。集中营迎来了第一股寒流。很多人死于寒冷与营养不良。日渐消瘦的囚犯身上长了寄生虫,许多人赤身裸体地苟活直至枯骨一把。集中营是伤寒、天花、痢疾大展身手的行刑台。

抵达集中营的几天后,卡门再也没有醒来。希奥朵拉拉过那鸿,让他远离瘫倒在冻土那儿的小卡门。那鸿不愿意,他摇头拒绝。希奥朵拉看着那鸿那原本沧桑的脸又变回孩子的模样,哭作泪人的那鸿双眼闪烁着,绷直了全身。希奥朵拉不让那鸿靠近卡门的身体。过后,过了很久,希奥朵拉在心里向阿拉丹倾诉:"我满脑子都是世界的肮脏,活着就是在清点苦难。生活的言语变成了在世的孤儿。而我想说的话越来越像死去的一个又一个我。如果笑容不再,又该如何思考?这世上已经没有笑容了,我的灵魂已经死去。"

看守统一的制服、武器、破口大骂、残暴、雪中、冻土中的死尸,焚尸炉中噼啪作响的恶臭,激活了欧菲拉西亚体内死寂、微小却强大的一部分。她的生殖器首先有了反应,体验到持续而剧烈的痛。慢慢地,她重新感受到脆弱。欧菲拉西亚无法描述自己体内细微的变化。她空洞的双眼开始观察、探测。她练习手劈木块,研究穿制服的人的行动轨迹、轮值及巡逻线路。她制定了一个毁灭计划,需要学习猛禽捕猎的准确与耐心,等候最佳时机。入了夜她并不睡,她在听大脑发出的唯一信号:杀。她并不作他想,她接受大脑的信号,她无力也无意拒绝。一天早晨,人们发现一具士兵的死尸,尸体上没有明显的外伤。第二天,又死了一个。后一天,第三个。只有欧菲拉西亚知道发生了什么:每到夜里,她像梦魇一般走出棚屋,亲手杀死强奸她的疑犯。她像一只猫科动物,审慎地等待狩猎的时机。她既不感到心满意足,也无所谓悔恨。她的一举一动出自本能。有时欧菲拉西亚会惊醒一般,一瞬间记起自己有个双胞胎姐妹。她努力地拼凑姐妹的形象,无奈身边除了面黄肌瘦的孩子还是面黄肌瘦的孩子。发现第九起无外伤的神秘死亡事件后,为了防止类似事件的发生,集中营的管理层决定抽取囚犯做出惩戒。囚犯被召集到集中营的广场上,在重兵把守下站立了几个小时。不吃不喝的集体惩戒则持续了一天一夜。到了早上便抬饿死的人去喂焚尸炉。长官选定了谁,一个个黑面神便惩戒谁。几乎没有记忆的欧菲拉西亚打量着刽子手,看到他们冷酷而残暴的内心,以及置人于死地的决绝。她自首了。从不说话的欧菲拉西亚说了两个字："是我。"她前后左右的男人、女人想要保护她,想要从必然的死亡面前拉回她。欧菲拉西亚不听他们的规劝,她的脑海里只有唯一的一个声音。她走出人群,迎向黑面神。她的双瞳映出重新点燃的炭火,生下那对双胞胎后她第一次流下乳汁,时隔多年后她又有了经血。双胞胎的养母们亲耳听到欧菲拉西亚喃喃那对双胞胎的名字:斯特洛佩,艾沙特。

黑面神分站在绞刑架的两边。那鸿穿过囚犯的人潮,躲在希奥朵拉身边。他牵起她的手,用尽全身余下的力气抓紧她。那鸿的双眼滴下血泪,播撒在不可预期的变质的土地上。迷雾中,欧菲拉西亚隐约看到了那鸿血泪中生命的力量,她甚至已经看到眼下的黑暗大地终将复苏。忽然间她唱出了声,她既歌唱回忆的可贵,又歌唱遗忘的必要,她的歌声在向人们发出疑问:为什么不能表达出仁爱?她歌唱海洋幽蓝的深邃,大江大河汇入大海仍然无法将它填满。歌声在宣告,无边无际的黑夜即将来临,黑面神的世界行将崩塌,人世再无奴役的镣铐,她赞美抵抗,抵抗既是生活之一种,又是忠于现实之一种,而每一个黑面神的命运都写得清清楚楚：必然遭到报应。欧菲拉西亚拒绝了刽子手假惺惺的仁慈，她不需要多余的时间。她的声音纯粹而坚定，掩盖了黑面神的咆哮，而远处，一道彩虹似柱头，星光熠熠地装点在桦树林之上。风追着风，带走了焚尸炉的尘埃与难闻的气息，卷起草屑，掀飞了屋檐。一个黑面神掏出他的左轮手枪，瞄准她的脑袋、心脏和生殖器。欧菲拉西亚早已坚如磐石的身体没有多余的血。黑面神宣布要悬吊欧菲拉西亚的尸体示众，直到其余囚犯主动地将其付之一炬。第二天夜里事情就结束了。

刺骨的寒风以及持续数周的降雪导致尸横遍野，远比苦役有效。焚尸炉已经远超负荷，黑面神便直接放火点燃了放眼望去看不到边的露天死人堆。焚尸的焦臭越过集中营，弥漫周遭城市的每个角落。欧菲拉西亚死后两周，希奥朵拉在死人坑中发现了自己母亲的尸体，压在其他尸体下的母亲的尸体扭曲，甚至已经不成样子。希奥朵拉不能哭。

她饿了。

当铁丝网敞开,瞭望塔倒塌,当解放的人潮压倒黑面神,逼迫他们俯身,好好地安葬他们手下成千上万的冤魂时,希奥朵拉与那鸿躲进了谷仓。没有毯子取暖,谷堆下两人便相拥取暖。那鸿睡着的时候,希奥朵拉想到那些接受了奴役却仍然死在黑面神手下的冤魂。后来有一天她会说起这个血腥的噩梦:"我受过多少折磨,我内心就有多少恨,牢记这一噩梦是我的义务,即便今天我承认,过去我的判断是错误的,我也始终认为,有时候杀人是合法的。"

后来又有一次,她说:"一天早晨,我看着那鸿,那鸿正躺在我怀里睡着,突然有一瞬间,我很想叫醒他,带着他到树林里边一起死了算了,人死了,一切苦难也就结束了,那时我看不到任何希望。想死的心那么强烈。我正对着他,睡眠将他的瘦弱暴露无遗,我想这是一个没有童年的孩子啊,正是这一眼阻止了我。"

每天早晨,希奥朵拉和那鸿都要找食物果腹。希奥朵拉又见到了安吉丽卡和她的一个孩子,还有同村的几个男女。年轻姑娘的乳房不再丰满,年轻的小伙也不再健壮,他们会找到复仇的力量,杀死民兵和黑面神,血腥无法平息饥饿。他们会再次出发,几周之内骨瘦如柴的身体得以重塑,再次焕发人类的生机。他们会重新自由自在地聊天说笑,或者沉默不语,灵魂不再沉沦,策马奔腾、弹起吉他、演奏小提琴,始终团结在一起,到了那时候他们可以回收自己打造的钢铁,出售厨房用具,然后买些吃的。酒过喉咙身体会暖和起来,那时候唱起歌儿,尽情地哭一场。但是现在,他们在稍纵即逝的今天里敝帚自珍,在今天的泡沫里飘摇,仿佛风中为人摆布的玩偶。夜晚升起的篝火将再次点亮油蓝的眼睛,乌黑的长发将再次随舞泼洒如墨,点缀丰满的双乳。

在多瑙河畔的一个小镇上,希奥朵拉、那鸿与阿拉丹重逢。阿拉丹住在一间小木屋里,战后无人认领那块战时被入侵的土地。三个人一起生活在两房一厨的空间里。在此之前,因为押解入集中营时激烈的反抗,阿拉丹被拘捕、拷问过,也经历过严刑拷打。睾丸受过伤,电刑也领教过。他说:"当时我倒宁愿死在他们手上。"重逢的当晚,希奥朵拉得知阿拉丹是家中唯一的幸存者。

老希奥朵拉坐在草地边缘一棵松树撒下的树荫下。她打了一个盹。老太太知道小女孩没有跑远。她每次出门,小女孩都陪着。小女孩不说话,或者说得很少。老希奥朵拉伸手说:"伸手给我。"布满皱纹的手握住小小的手,从手腕游移到小臂,到肩膀,再到她的脖子。老太太笑了:"我手上这镯子如果能解开,给了你,倒适合挂在你脖子上。你太瘦了,瘦得像只猴儿。你吃不饱吗?"孩子耸肩。"看来别人说的都是真的。"她在自言自语,小女孩没理她。"家里很穷。"小女孩缩回手,坐在老太太脚边。大人们说了,不要离开这个回到故乡的人,好好地陪着她。她正是这么做的。"很久以前,我跟你一样。只不过我早已不是一个孩子了。我结过婚,有过两个孩子。这么多年,沼泽地也多了几百万只蚊子,不分白天黑夜地吸我们的血。挤在人满为患的集中营里,无法思考,没有灵魂,我们又算什么? 到了冬天,骨架冷得打战。风吹雨打、漫天飞雪时还是得干活。无休无止的雨不知疲惫也没有理由地持续着。狂风在怒吼,世界却无动于衷。它在怒吼什么? 有谁明白吗? 谁又会费心听一听风传递的可怕信息? 即便艳阳高照,仍然扫不尽彻骨的寒冷。无以计数的人奔赴死亡，无以计数的冤魂，无以计数的行尸走肉。他们抓了我们所有人。夺去了一切。军人拿枪抵着我们的后背逼我们走，或者把我们赶进运牲畜的车厢。吃喝拉撒睡都在那节车厢。没有什么道理可言，死亡笼罩着一切。挨打、忍饥挨饿、没有水喝。有的人倒下了。有的人倒下了继续被打，有的人回击，有的人再也没有站起来。我的小卡门的父亲，我的丈夫瓦西里，试图和一帮兄弟一起逃跑，被打得很惨。安吉丽卡的丈夫帕维尔也在场。当时他们一共有五个人，每一个人都像太阳那么骄傲，像藤蔓的根茎一样顽强。安吉丽卡的两个孩子，像你这般大，都冻死了，和我的小卡门一样，冻死了，即便不是冻死，早晚也会饿死。有的人真让人羡慕，一睡不起。那时候的我们生不如死。饥寒交迫，大脑无法运转。瓦西里的第二个老婆阿丽娜，赤身裸体地死在大雪天，死前被一个女看守拿皮带抽得遍体鳞伤，因为阿丽娜没有把她靴子上的泥舔干净。那条皮带的搭扣用德文写着'Gott Mit Uns'（上帝与我们同在）。"

小女孩靠在轮椅的一个轮子上，机械地拔着周围的草。她没再想着手镯的事。老希奥朵拉对她说:"我们始终不是动物。但对于绝大多数人来说,实际上仍然和动物差不多。在欣欣向荣的欧洲,我们仍然被人踩在脚下。在欧洲,没有人经历过类似的全员排斥。难道因为我们从未渴望过边界,难道因为我们始终跨越边界?还是因为我们从未侮辱他人以换取更好的生活?历史总是这样,现在如此,未来还将如此,原本被憎恨被牺牲的一群人建立了新的政府,然后派军队残暴地入侵。总有人成为被歼灭的目标。星辰之下无新事。到目前为止,战争仍然没有解药。我想根本不存在这样的解药,因为战争就是生命的一部分。"老希奥朵拉伸手摸索小女孩,她摸到了她的小脑袋。

她突然想起来:"就是在那儿,婚后我第一次再见阿拉丹。我听出是他。他的脸变得沧桑了,皱得像一块湿答答的抹布,瘦弱得像会被风吹走,费了好大劲才能站稳。他到底经历了什么?我大概永远也不会知道了。从集中营出来后,他告诉我:'总有几个音符在我脑海萦绕,我便来来回回地重复,即便睡着的时候。'集中营解放的那天,我的父亲再也没有醒来。而在那之前,我的女儿早已在我怀中气绝身亡。我把她放在雪上,她像一个布娃娃那样轻。死了的人没有安息的墓穴。集中营的生活就是干活、伐木、排水……没有人记得自己是谁。泪太多,眼皮很重。刽子手的毒打打消了所有关于神圣造物主的信仰。哪有什么造物主?死了多少人,活着又得遭遇多少磨难与不公?历史总是相似的。"

她反复念叨,言语向她袭来。

天空空空荡荡,永远地空空荡荡。

老希奥朵拉并不知道夜幕已经降临。她不觉得冷,她轻唤小女孩:"你没应我,你睡了吗?睡吧,我的天使。"老希奥朵拉全神贯注地看着脚边的小女孩。她在回顾自己的一生,又仿佛在书写小女孩的故事。愤怒、惊慌、哀伤……一切都回到心头。本来她应该哭的,但是她再也不会哭了。

她听到喉咙的呐喊:"为什么?"

老希奥朵拉的回忆陷入泥沼,然后才流逝如溪流。

"我不知道阿拉丹有多爱我,他视爱我的心如珍宝。河畔小镇重逢时我便明白了。不过我好像说得太快了,把你弄糊涂了。我结婚后,他并没有离开,也不像传闻所说上了船远走。他去首都搞政治运动,经常遭警察盘查和骚扰。阿拉丹和志同道合的人一起下农村,同农民、伐木工人、木匠、工人与小学教员倾谈,他们想要实现更好的财富分配。他们同更广大的人群解释团结一心抵抗体制的必要性,我把一生讲给你听,你不听,小不点,你睡了,我多想和你一样,我屁股疼。蒂波,你在吗?"

"在,我们都在听你说。"

"小不点呢?"

"她睡了。"

"她叫什么名字?"

"没人知道,都喊她'小不点'。"

"我们叫她'小不'。"一个男人说。

"养活她不容易,我们自己也得填饱肚子。为了能填饱肚子,我自己就吃过果树的叶子。而且还得不停地干活,一旦停下来就会被揍。孩子们也得吃东西。我的小卡门就是饿死的,活活饿死的,电视上不是也经常放吗,很多孩子都饿死了。我们那时候跟木头一样，脑袋沉重地耷拉着，满眼的沧桑。我想起来，非洲有一个国家，那儿的人跟我们那时候差不多。我们好比旁枝末节，无以计数又无法彻底清除的旁枝末节。我的小卡门就在雪里。她冻僵的身体因为高烧在冒汗。她昏睡在我脚边，我给她盖了一条毯子。盖上一条毯子的她看上去不像我们那么寒碜。每个人都冻僵了，每个人都在试图捂热自己的肌肤，衣不附体。那时候，我们的内心僵化如岩石，没有任何反应。大脑已经无法运转。"

她的手不断敲打轮椅的扶手。她在烦恼什么？她因为什么而焦虑？

"我没听谁说过要给孩子盖毯子。"

"盖上毯子暖和。小卡门不能再着凉了。我们得看好她，我们也会看好你。"

"现在该回去了。离开这里，回家去。得给孩子弄点吃的。"

小女孩睡着。男男女女都看着她。有的耸耸肩，有的边笑边走远去。一阵低语萦绕老太太耳边。那是蒂波在小女孩耳边呢喃,他靠近她,她睡着,他把她抱进怀里,让男男女女看她睡着的模样。没人理他。没人需要她。一个女人打破了沉默,"老的小的都是被人收养的。就让那小的跟着老的。就这样定了。根本没人知道这孩子从哪儿来。一天早晨,我们在人行道上发现了她。她不说自己叫什么,也不说从哪儿来,怎么来的。她什么都不肯说。如果老太太想揽事,就让她管吧,给她弄吃的、买穿的,我们所有人,甚至整个区的人加起来都没有她有钱,这小姑娘跟了她能享福了,至少在老太太活着的时候。"

蒂波转向一个满口黑牙的人,问:

"你没报警吗?"

"报警?让条子把她送到孤儿院去,还得惹上拐卖儿童的嫌疑?这种蠢事我们是不会干的,就让她跟着老太太。"说完这人随地吐了口唾沫。

从此以后,小女孩、蒂波与老希奥朵拉生活在一起。她总是形影不离地陪着老太太。小女孩不说话,她忽闪的大眼睛把什么都看在眼里,她听大人们说话,然后记在心里。她和老太太睡在一起。

当家又有了家的样子，家里的人要清点损失。太多的孤儿无家可归，于是多了姑姑、舅舅、孤苦伶仃的孩子组成的家庭，多了收养的家庭。每个人看这个国家，满眼的哀伤，放眼望去都是断壁残垣。蒙上黑纱的大陆在灾难来临前挣扎着喘息。然后战争来了，带来了家破人亡。多少村庄被夷为平地。战争的杀伤力远远超出人们的想象。战后的每一个人都在经历着自我的斗争，在人生的废墟上清扫。大地，以及大江大河遍布的无以疗愈的伤痛，似乎都在道说每一个人的苦痛。有的人仿佛经历了无数次生死的历练，沧桑写满了他的全身。集中营期间，惊慌失措时有的人梦想着有一天倾吐这些年来的苦难，等到他们终于说出口了，却没有听众。有的茨冈人因为肤色占了便宜，换了名字，改头换面也转变了信仰，为了平静地生活，与自己的历史诀别。

希奥朵拉、那鸿和阿拉丹一直生活在一起。

阿拉丹瘦得好比一只沙袋，他只有一个执念：等手好了，再次抚摸手风琴的琴键。他凭回忆在脑海中演奏，反复地练习。他还制作了纸板的琴键，每天练习，帮助手指恢复从前的灵敏度。他教那鸿读书、写字、发现音乐。对于一个连自己年龄都不清楚的孩子来说,音乐是一个完全陌生的世界,那时那鸿十一二岁。阿拉丹试图刺破他童年的迷雾。那鸿失去了记忆,他说不出自己来自何方,也说不清自己父母的职业。他隐约记得自己有个姐姐。阿拉丹对希奥朵拉说:"那鸿的记忆一片空白。"那鸿帮着阿拉丹把房子周围的一小块土地翻新了一遍,等到合适的时候又种下了蔬菜。那鸿总是表现出什么都不在意的模样,阿拉丹尽量在他面前表现得很积极乐观:"到时候我们再买匹马,买辆小拖车,方便我们上城里和到树林里去。"那鸿不敢独自上街,一见到街头穿制服的人便害怕。一天天过去,希奥朵拉恢复了原有的体重,肌肤又有了琥珀般的光泽,长长的头发自然地蓬松而柔软。她花了大量的时间搜寻最好的食物,她要她的男人和孩子吃饱喝足。有几次那鸿同意陪她上集市购物。希奥朵拉教他如何在城市里走动和定位。他们始终手牵着手,人声鼎沸的街头那鸿寸步不离自己的母亲,刚从连年的苦难中探出头呼吸的人们最基本的日常就是上街,最关心的就是自己的胃。那鸿对小摊贩卖的刀具很感兴趣。为了躲开管制,有的农民一大清早来到集市,临时布置摊点做些买卖。在这个城市的这个集市里,没有人付得起故意抬高的管理费。希奥朵拉偷肉、水果、蔬菜和奶。几周的时间里她只做这同一件事。人会饿的,田里的庄稼全没了,都烧光了,牲畜全被当兵的宰了吃了,为了羞辱村里人的抵抗,没有人负责或者惩戒如此集体的掳掠。希奥朵拉找不到工作。再说了,除了吃饱穿暖她还能奢求什么?

有一天,那鸿在一个流动商贩的小推车上见到一把刀,那把刀和他初遇希奥朵拉时手上握的那把刀很像,只不过进了集中营,那把刀就不见了。他认出了自己的刀。他翻来覆去地查验那把刀,在木柄上看到了刻字"N"。他整张脸都在发光:"这是我的刀。"这一惊呼吓到了希奥朵拉。那鸿重复:"妈妈,这是我的刀。我认得它。我要买下它。"那鸿和卖家讨价还价,卖家不让价。希奥朵拉手里的钱不够。那鸿想要自己走回家:"我知道怎么回去。"那鸿离开小摊贩,在远处看着,然后不断地向路人乞讨,直到夜幕降临他一分钱都没讨到。那鸿想要那把刀。是小摊贩偷走了他的刀。这么想着,那鸿趁人群环绕斤斤计较的商贩的小货车时顺走了那把刀。他平静地回到了家中，并不向希奥朵拉和阿拉丹解释怎么得到的那把刀。希奥朵拉思忖着，或许这把刀就是找回那鸿记忆的关键，她把这个想法告诉了阿拉丹。

希奥朵拉机械地从城北走到城南，万里无云的天空太阳高照，她没有确切的目的，更多的还是出于好奇，她越过多瑙河大桥，穿山越岭，发现了免于战火的民居。蔚然成荫的大道悠然地延展，富足与惬意扑面而来，希奥朵拉惊讶地发现数量庞大的崭新而闪亮的汽车，繁华大道上只有漫无目的闲荡的她显得格格不入。一瞬间羞愧袭来，周遭困惑的目光落在她身上，让她难受，像她这样的可怜女人为什么会出现在繁华的大道？她的出现似乎已经玷辱了整个街区。她从他们的惊讶中读出了蔑视与确定无疑的谴责。她的碎花裙、颜色不明的衬衣、破鞋和围巾，甚至她油蓝的双眸，以及齐腰的黑发都让她羞愧。她为自己白皮下的黑人灵魂感到羞愧。"我何错之有？"她只能回到属于她的卑微的低处。她在脑海中勾勒着群山、河流、泥泞的街道连接的回家路，每走一步她都以为自己无力继续了，但她继续向前，低垂着双眼，沿着墙垣、树篱的每一步都容不得她冒失。她边走边困惑："难道战争牵连的并非所有人？难道和平并未光顾所有人？"母亲的那本生命之书在讲述生之窒息与覆灭，卡门的那本书在讲述饥寒交迫，欧菲拉西亚的声音在呢喃梦的缺席。

希奥朵拉闭上双眼,她感到一阵晕眩,她多想此刻落入阿拉丹与那鸿的怀中,与爱的人在一起。在哪儿才算真正的生活?城北还是城南?她撞见一个牵着孩子的妇人。希奥朵拉不由自主地朝她微笑,与她攀谈。她说她在找工作,她能做些家务活,她丈夫懂点园艺。她还介绍了自己居住的环境和生活条件,她说:"我们既能读书也能认字。"她不断地解释:"我们一无所有,我们刚从集中营里出来。"那妇人没兴趣听她说话,扭过头去。希奥朵拉听见妇人对孩子说:"千万别信这类人。既不要相信他们所说的,也不要和他们搭话,直接走人就行。也不要和他们的孩子一起玩,遇见了就调头。他们只会撒谎和花言巧语。他们就是这个国家的祸害。"希奥朵拉问那个女人,问所有人:"战争还在继续吗?"

一个疑问在她体内如狂风大作:"为什么?"

希奥朵拉的双眼流下泪来。她控制不住地哭泣。哭完之后她或许在说:"哭过终于又活过来了。即便眼泪总与死亡相关,却也离死亡最远。"

回到家后,当着那鸿的面,希奥朵拉完全没有提及当天午后的事。

新政党执政后组织建立了复杂的政权架构,负责人民一切所需。人们被教导着要服从,宣传的口号承诺了一个自由、博爱的新社会。为所有人的成功和全面发展制定的政策方案容不得任何人怀疑。中央集权全方位地决定着这个国家的方方面面:经济、政治、社会生活。医疗、文化与教育都是免费的,水与燃气构成了基本的生活所需,举报揭发也是。再也没有人敢于表达自己的思想与愿望。法院编造的罪名随意就能将无辜的人打入大牢或者送上死刑台。集中分配小块的耕地与简易住房。再也没有农民拥有额外的土地。整个国家跨入了一个宏观规划的年代。阿拉丹有文化,能够架起新政权与重走流浪之路的家庭之间的桥梁。原有的老路已经有了标记。新政权希望限制不可控的流浪族群的权利。边界已成禁区。整个人类的福祉至上的法则强加于所有人。每个人都必须为了全人类的幸福而付出。

希奥朵拉再也不想重复集中营前的生活,不愿重复母亲身体力行了一辈子的刻板生活。希奥朵拉想要挺起脊梁,首先要接受自己的肤色,即便有时候仍然会因此困惑,仿佛路途中不期而遇一朵花。每每这种时候她便想起母亲说过的话:"每一天第一缕光线出现的时候,我的生命之书同大地一起醒来。每一天都在重复,又没有什么可重复的。"母亲还说过"万事万物都相关,不可分割",或者"我的生命之书并非定所,我居无定所,因为所有的征途就是我的归属,穿山越岭、迈向江河湖海的跋涉就是我心之所向"。

等阿拉丹恢复了体力,希奥朵拉想一家人上首都,然后在那儿办一所音乐学校。那鸿没有什么目标,他听父母安排。那鸿只长年纪不长身体,大家都叫他"竹竿"。年纪的增长并没有让他多了表达的欲望,也没有为他带来渴望或者对未来的期待。阿拉丹说:"他还没有定型。"那鸿表现得无欲无求。他与每日鲜活的生活擦肩而过,似乎只想单纯活着。如果别人问起他什么,他似乎也是第一次想到这个问题,并没有答案。这些年,那鸿的眼中充斥着游移不定,让人挪不开眼睛。用阿拉丹的话说,那鸿的心灵沐浴着黑暗之光。

一大清早奔赴首都的衣衫褴褛的人潮汇入条条大道,其中就有希奥朵拉、阿拉丹与那鸿一家三口。上百辆马车、骡车、驴车胡乱地拥堵在大街小巷。饥饿让人们为了一片面包、一棵蔬菜争吵。体制创造了更多的就业岗位,却没有能力支付足够的薪水。穿制服的人很难控制集中营出来的人群,实际的人口似乎远超集中营统计的数量。这其中有一部分人明显带有苦难深刻的烙印,不相干的人宁愿不看不问不想了解。许多家庭挤在伸不开腿的空间里,等临时落脚的房子被征用了再慌乱四散。城市外围临时的棚户区清一色的脏乱差,而城市繁华地带林荫大道上喷泉、法老宫殿一般的建筑、设置了门禁的家宅、广场遍布,淘汰了原来手工作坊的孤岛群链。为了歌颂这个国家的新生,庆祝的游行队伍徜徉于林荫大道,狂欢似乎永远也不会结束。新的领导人需要新的城市规划,于是新开的工地优先于一切城市的再造。

希奥朵拉快因为欲望窒息了。她让阿拉丹抱紧她,爱她,给予她所期待的肉体的欢愉。她帮助他去做。她反复地这么要求,反而造成了阿拉丹的困扰。男女间的爱语就能撩拨希奥朵拉的身体,她需要肌肤之亲的救赎。她邀请陌生人到家中共享鱼水之欢。实际上每个人都一样,在生活面前都是无名无姓之人。希奥朵拉已经习惯了首都,但是她决定离开。她想教书,带领孩子们发现字词的魅力。首都没有合适的岗位,她决定到其他地方试试,这个国家总有她一席之地。阿拉丹没能如愿开办学校,个人创业必须首先接受人民委员会的审查,阿拉丹拒绝服从,也因为自由的意志被纳入监视的范围,成了眼中钉。阿拉丹支持希奥朵拉离开,因为她想这么做,至于他自己,他已经无法直面茫茫旅途的未知。而且,阿拉丹笃定新政权早晚垮台:"面具总有撕下的一天。"希奥朵拉说服阿拉丹将那鸿留在身边。

多年之后，希奥朵拉问自己，当时怎么忍心抛下那鸿。"我太自私，没有考虑那鸿会惊慌失措。但是木已成舟，那鸿已经变成现在的样子。而当时的我，说要自由所以离开，说起来真的可笑。那时我根本不知道要去哪里，我只是走了。离开真的是我所愿吗？我像是在追逐一个幻觉。我得到我所渴望的了吗？好像只是海市蜃楼。生活似乎离我太远。衰老却不知不觉渗透了我年轻的生命。我一心只想满足自己，听从自己内心远走的渴望。"

希奥朵拉走过一座座被摧毁的城市、一个个被夷为平地的村庄，有的村庄刚从残垣断壁中喘口气。战争没有饶过谁。生了锈的犁耙扒开休耕的荒地，重建是缓慢的，需要一个很漫长的过程，需要时间。贫苦裸露在外，并没想着遮羞，因为谁都很穷，谁都很苦。希奥朵拉来到河边，上了一条装满煤的驳船。坍塌的桥梁、沉船残骸拥堵河面，穿梭其中的船只很难通行。某个春日，希奥朵拉回到幼时的森林与多瑙河的那片三角洲。繁花绽放果树的枝头,预告着即将来临的丰收。她写了很多信给阿拉丹,没有回音。希奥朵拉放弃了教师梦。对于一个没有教师资质的人,教书纯粹是白日梦。她来到一个新建的冶金工厂。冶金工厂的门口排起了长龙。队伍中充斥着竞争与妒意。这是一场交易,手握权势之人需要奉承,哪怕官职再小。应征的人安静地等候。鱼龙混杂的人群有一个共同的目标:赚钱。人群中的每个人却依然感觉孤立无援。希奥朵拉等了三天。办公室里一个女人接待了她,这个女人马上注意到希奥朵拉油蓝的眼睛,以及拢在脑后的发髻。希奥朵拉感觉自己浑身充满了力量,新颁布的关于公民平等的法令对他们很有利。希奥朵拉想利用这个机会好好地工作。但是她能做什么呢?她什么都可以做,但什么也不会。"我想学习。我受过教育,我可以继续我的学业,我有这个权利,我要行使我的权利。"一个男人走进办公室,办公桌后坐着的女人起身打招呼,"工长"。来人手握材料,走到女人跟前,他看向办公桌前站着的希奥朵拉,却不正眼看她。希奥朵拉看着他。一时间她愣住了,然后惊呼:"是你!"办公室里发出窸窣低语,听不清具体的内容。办公桌后那个女人动了一下。

希奥朵拉在打战,她用手捂住右胸,退向墙壁,试图站稳。男人比了一个手势将围观的人赶走,他对那个女人说:"把她给我弄出工厂。"

希奥朵拉在街头晃荡。她想阿拉丹或者那鸿吗?不,她脑子里一片空白。工长的面孔占据了她的整个脑海,像只嗡嗡的苍蝇来回转悠,她想赶走这个烦人的画面。她随便找了个地方睡下,并不求舒适,只想躲起来。她怕被警察抓起来,有时候睡在点着破煤气灯的地下室,有时睡在老鼠和蟑螂乱窜的阴湿的地窖,几乎吃不上东西。她四处流窜,走出城又回来。她在用她的方式定位这座城市,观察着城市中熙攘的人潮混杂、焦虑而孤独地来来往往。她往自己的帆布包里装了一把小刀,类似于那鸿的那把小刀。那把刀是她偷来的。一天,她盯准了一个目标,她尾随那个工长。她盯着他粗壮的脖颈,他像极了自己认识的某个人。那人穿着一件厚重的棕色棉衣,手提一只旧皮包,快速地踏着稳健的步伐。希奥朵拉注意到他穿着一双粗制的橡胶鞋。他目不斜视地穿过农民堆和工人群,走过十字路口、公园和狭窄的街巷。希奥朵拉很难跟上他。她看着他在一间平房前停下脚步,然后走了进去。她等在门外。住在这一带的人散步回来,住宅的煤气灯渐次亮起。希奥朵拉坐在对面的人行道上,听到一个女人唱起流行的小调。希奥朵拉就这样睡着了,无意中在这间平房前过了一夜。一大早,工人便离开家上工去了。希奥朵拉醒来时,一个女人与两个孩子从那间平房中走出来。粗壮脖颈的男人跟着也出了门,掩上房门。一个是男孩,一个是女孩,都不到六岁的样子。男人拥抱了两个孩子及女人,露出笑容。女人带着两个孩子朝北走,男人向着东边城区的方向走去。希奥朵拉跟着他。他走路的样子很熟悉。她跟着他到工厂。她确定就是他,烧毁她信件与诗歌的火焰又浮现在她眼前。她胸口的伤疤不由自主地疼痛起来。薰衣草色的光芒笼罩这个城市,仿佛欧菲拉西亚被玷污的那天。她在心中默念那个污泥中死去的孩子的姓名。

夜幕降临时,她等到了那个下班的男人。见他走来,她往回退了几步,双眼愤恨。女人接放学的孩子回家时,希奥朵拉已经在那里。他的妻子很美,柔情蜜意的脸庞洋溢着生活的喜悦,她有着一张从未被不幸烦扰的脸。希奥朵拉等待着。又过了一夜。她一动不动,一言不发,什么也不想。睡梦中,脖颈粗壮如树干的男人出现了,小卡门也出现了。小卡门的亡灵从火焰中走出,从装满信件与诗歌的盒子里走出,从冷冰冰的污泥中走了出来。冰冷的深渊吸走了小卡门的亡灵,小卡门又消失不见。梦里欧菲拉西亚和她说话,欧菲拉西亚说她撕裂的下腹很痛,她说没有机会爱与被爱原来这么孤独。白昼唤醒工人、女人及孩子时,希奥朵拉没有醒来。一个上了年纪的妇人叫醒她,劝她起来后赶紧离开。

希奥朵拉沿着一条蜿蜒的小径来到河边。她听从三角洲的呼唤,走向了海边。她从未踏足脚下的土地,那里充斥着太多建筑与新路。问路后,希奥朵拉走向了相反的方向。有一天她终于放弃了,她朝鸟岛的方向走去。植被覆盖了阿拉丹的小屋,藤蔓掀翻了屋顶,撬开了门链。希奥朵拉躺在长满紫丁香的地板上,斑鸠、云雀与翠鸟声声的叫唤让她逐渐地麻木。脖颈粗壮的男人似乎又变回从前的模样:长了一脸痘的凶残的民兵,无以复加地凶残。

河水无法安抚受伤的灵魂,带不来人们想要的答案。写过的信与诗在火中走散,却在她心头反复。她在河里清洗自己的身体,她在河中歌唱。她在河中哭笑。母亲那本生命之书仿佛酒精,让她头晕目眩。

岛上三日,她任由纷乱的欲望在她体内横冲直撞。身体的欲望总是先于思考。三夜星空下的苦痛与祈求。悔恨与哀悼在她心头累积,仿佛惊涛骇浪不断拍击海岸的礁石。三夜似乎流淌着无声的手风琴声。三夜都在重温与阿拉丹爱的一夜。那时她十五岁,他十七岁。赤裸的两个人在颤抖,看着彩虹似乎看到了安全感,他们在迟疑,指尖摸索着彼此的轮廓。希奥朵拉不管家规,她要阿拉丹进入她的身体,就像他与手风琴合为一体一样。两个人没有再说一句话。阳光越过枝丫唤醒了他和她,相连的身躯分开。

一无所有的希奥朵拉,有色人种的希奥朵拉一无所有。她知道旁人如何看她及和她一样的人。如果允许的话他们会朝她们开枪。即便屠杀才刚刚过去,但一切都过去了。三天三夜躺在地上,不吃不喝。盛开的紫丁香与灯芯草的香簇拥着她,使她沉醉。

秋初的清晨,露水蒸发。希奥朵拉又回到了城市。她站在工人区的木屋前,迎向一个个经过的人,等待着工长。过去的三天时间,她在欧菲拉西亚的歌声里汲取了爆发的力量。门开了,两个孩子先出来,随后是他们的母亲。她看着女人未经世事的温柔脸庞。希奥朵拉穿过街道,砾石在她脚下呻吟。那个男人注意到她,认出她就是那天在办公室里前言不搭后语的女人。他的妻子发现他似乎想到了什么,脸色发白。希奥朵拉笑了。她眼中的血泪让他背脊一凉。

"滚!你在这里干什么!"

他的妻子问他:"你认识她?"

男人不作答。希奥朵拉走向前。又近一步。他退后。希奥朵拉的手抚摸小女孩的头发。一瞬间,小女孩发色的金黄灼伤了她。过了一会儿她觉得自己太失礼,缩回手来。希奥朵拉解开自己的衬衣,露出脖颈到胸口处猩红的伤疤。她袒露着肩膀及胸口,目光迎向那个男人。

"你怎么能忘呢?火里焚烧的诗歌与信件、我脚边的孩子、被玷污的姑娘,你们的欢呼、手里的武器、喉咙里的酒精、抢劫的珠宝首饰、火中的小提琴、你们的笑……"

希奥朵拉再也说不下去了,她没有拉上敞开的衬衣,她就是要让他看着。她转向他的妻子,让她也看看她的伤疤。

"你想怎样?我要报警!我要把你抓起来。"

希奥朵拉仿佛又看到了那个年轻的民兵。那个摧毁了她诗歌的凶手,侮辱欧菲拉西亚的强奸犯,焚毁乐器的纵火犯,他根本无法直视她胸口的伤疤,仿佛丝绸上的一根毛线一样刺眼。希奥朵拉伸出一根手指,抚过伤疤的轮廓。她的手指一遍又一遍地划过猩红的疤痕。男人再也支撑不下去了,他对自己的妻子说:"带孩子们上学去,没什么。你看到了,这是个疯婆子。"

希奥朵拉笑了,然后发出一阵呻吟,像是身体脱臼的声音。她突然浑身颤抖,有一会儿,她死死地盯着他的妻子,那个女人的双眼充满了恐惧。裙下的刀滑至半腰,希奥朵拉抚上刀身。她退了一步,向女人和孩子道歉。

希奥朵拉迈着蹒跚的脚步,恍惚中似乎正走向火海深渊。她纵身跃入火海,想要救下爱的书信与诗篇。她轻抚欧菲拉西亚被玷污的身体,又走向尸坑,在欧菲拉西亚母亲的尸首旁放下一把野花。

走远了后,希奥朵拉握紧了刀身。最终,锋利的刀刃刺入她的腹部,划开一道伤口。她倒下,没有眼泪流下。眼前浮现卡门、阿拉丹和那鸿的脸庞。

这个地区及邻近地区看上去都一样,领导层则养尊处优地生活在卑鄙与谎言堆砌的堡垒里。每个人的工作都被法律严格分配,没有讨价还价的余地。这个国家正疯狂地工业化。每个农民必须遵循集体生产的标准。必需品的定量配给没有丝毫变化,而且没有结束的一天。多少城市的热水及暖气都必须集中分配。孩子在学校里学习如何服从口号,他们是刚冒尖的新人类,团结的新人类群体中没有个人主义的位置。自由与征服欲是这个世界的毒药。于是警察如蚁虫般入侵每家每户以及朋友圈子。生活的守则只有一条:怀疑。退而求其次的幸福表象中,流淌着绝望与挫败。

一天夜里,半睡半醒的老希奥朵拉被身旁睡得不安稳的小女孩弄醒了。活了一辈子的老太太心想,这孩子应该是做噩梦了吧。她的手伸进小女孩柔软的衬衣,轻抚她的背。"现在我应该和你说说那鸿,我的那鸿啊。你迫不及待地想了解更多那鸿的生活,唤我希奥的那鸿啊。你笑我,不过也对,那鸿觉得希奥朵拉这个名字太严肃。忧郁时他便坐上我的膝头,对我说'希奥,讲个故事吧,讲一个吧',到了十六岁也依然这样。"

希奥朵拉走后,那鸿成天在大城市的街头巷尾晃荡,漫无目的地走着,却又似乎在找寻答案,他心想:"会有再遇的一天吗?"一大清早他便走进小巷,走上林荫大道,走进公园,将刀子绑在腰边。那把刀经他几个小时的打磨铿亮如新。一路走着,他的两只眼睛紧盯着人行道,像在计算地砖的数量。那鸿的脚步在城市的街头巷尾画出舞蹈的弧线,他的脸庞没有任何表情,而且透着拒绝。他消磨时间,但从不去酒吧。离开城区他会迷路,他便只在城区活动。不在路上,他便坐在河边,空洞地看着河水不断地流逝、不断地更新自己。"小溪爱河流,河流爱大海。"几个星期以来,他四处游走,似乎要走出一条线索。夜里,阿拉丹试图问清他一天的动向,他不说话,或者随便几句便扯开了话题。阿拉丹没有想到,恢复光芒的刀锋并没有带回那鸿童年的光芒。阿拉丹相信那鸿没有任何的隐瞒。每当阿拉丹说到未来,那鸿就说:"明天就是明天,不要说未来,我不去想未来,太遥远。河流会考虑未来吗? 河流就是在不可追的流逝中壮大。就像风。"

一天早晨，离开茨冈区的漏屋前，那鸿对阿拉丹说："你得弄一把手风琴，别管什么钱的事，你买不起，偷一把吧。那是你应得的，他们夺走了你的手风琴。你的双手已经恢复了原本的敏捷与灵活。"那鸿迸发的激情令阿拉丹喜出望外，即便他不会像他说的那么做。那鸿还说："我渴望一个没有界线的时代，但是它在哪儿呢？"

经历了一整个春季无望的晃荡、一团乱麻的思绪，以及阴郁的梦后，那鸿结识了马戏团里男男女会跳舞的人。他看过一场马戏团的演出，演出结束后他没有跟着观众一起离开。他一个人待在原地，激动得汗毛直立。他等在那里，莫名的喜悦揪紧了他，不断攀升的狂热就要冲出他的身体。他走近一个表演杂耍的演员和一个表演平衡的演员。他和他们攀谈，却无法专注于他们所说的内容，大概聊到他们的职业还有他们的技艺。后来，那鸿对阿拉丹说，原本内心只是微微地颤动，渐渐地却仿佛整颗心都沸腾起来。"那天看着他们走钢索，似乎触动了我体内相似的情感。"

因为这次际遇，那鸿拥有了自我。每天到马戏团与新朋友汇合,每天的排练他都参加,每场演出他都看,而且记笔记、画草图。他和他们一起过夜。等他正式训练时,他便加强自己身体的柔韧性、肌群和关节的灵活度,他善于征询别人的建议。他认定了实战能够带来进步,为了一个动作,他甚至可以成百上千次地一再训练。他跟着马戏团辗转各地。有一天,马戏团休息,那鸿问他的同伴:"我得弄一架手风琴,你们有谁能帮上忙吗?我这么做是为了我的父亲。民兵把他关进集中营前夺走了他的手风琴。没有音乐让他怎么活?弄架手风琴嘛,又不是什么大事。"一个表演杂耍的女演员从自己的房间里拿出了一架没人用的手风琴。

当天夜里,那鸿将手风琴放在阿拉丹的床头。

阿拉丹穿着米色衬衣和蓝色的工装裤,打着赤脚,叼着一根烟,在他和那鸿住的小屋前放了一只粗制的木凳。屋前的小径尘土飞扬。那是一个梦一般温柔的夜。夜空中繁星纯真地闪烁。周围的狗都安静地睡了。天边的城市依旧喧嚣。

阿拉丹从盒中取出手风琴,开了一瓶白酒。他坐下来，为自己演奏了一曲。那鸿没有回来。

鸟岛这一夜，爱因手风琴得以圆满。手风琴的音符越过山川河流，似乎抵达了希奥朵拉的心田。手风琴声讲述着蕨类覆盖的草地上希奥朵拉十五岁的初夜，讲述着跨越山川的精神爱恋。

琴声避开凶残的民兵，避开火苗吞噬的诗歌，致卡门，致曾经的酷刑。致废墟中苏醒的大地。琴声也疑惑斯特洛佩和艾沙特孪生兄妹后来的命运，讲述欧菲拉西亚的故事时琴声肃穆。

琴声回溯更早的时候，那时欧菲拉西亚的双乳还未留下凶手的印迹，她的下腹尚未被粗暴地撞击，她双腿间神圣的地带仍然是一片处女地，它享受着欣赏的目光、温柔的爱抚而不是入侵。

那鸿进入了阿拉丹的音乐世界。他并未现身，而是任由音乐淌过他身体的每一寸。音乐势不可挡地带他回到更早的原初，早于他出生的原初，似乎在那一切尚不明晰的原初，他的父亲早已将命运交到了他的手上。

那鸿听到了他的父亲，听到了那位杰出的演奏家、节日的主人公造梦的声音。那鸿忽然就了然了:"当初希奥在鸟岛听到的就是这个声音吧。难怪没了这声音后她那么遗憾。"

附近的邻里听从音乐的邀请,围聚在音乐家阿拉丹的周围。他们提着煤油灯,带来了卷烟、鼻烟、啤酒和白酒。光影摇曳生辉。男男女女暂时抛开贫苦的烦忧,握紧彼此的双手,紧紧相拥,唱起歌来。孩子们也来了,围着阿拉丹载歌载舞。阿拉丹的琴声讲述着冒险的故事,向他们展示深不可测的灵魂广阔的疆域。日间争吵不断又总被屈辱折磨的大人们无心细听阿拉丹琴声中的曲折与故事。

阿拉丹沉醉在自己的世界中,并不抬头看一眼围聚的人群。

手风琴声讲述着被压迫的人群腹中曲折的心事。

手风琴声独自穿越爱的路径,做爱应该做的事:走进鸟岛芜杂的草地,爱希奥朵拉十五岁的身体。

酒精让阿拉丹的双手与琴键重修旧好,人们从手风琴的呼吸中听出阿拉丹的慷慨、奔放与有条不紊。音乐将阿拉丹的魅力表露无遗,围聚的邻里乐于徜徉在他无穷的魅力海洋中。

那鸿跳起了舞。他现身了,他在无风的星空下舞蹈,那是他即兴创作的舞蹈。他有过类似虚无缥缈又梦幻的经历吗?不,那鸿从未经历过类似的场面。情绪饱满地溢出体外,感觉一切轻飘飘摇摇欲坠,脚下的大地仿佛在快速地旋转、运动。那种感觉消失了便不再来。他隐隐约约地看见侵吞了他前半生的苦难一去不复返。他有一个音乐魔法师父亲,他多想大声告诉全世界他的幸福。作为回应,阿拉丹改变了音乐的走向,他要音符流淌如转变后的那鸿的美好与灿烂。

阿拉丹起身,融入舞者。相爱的人们簇拥着他。此刻,没有人惧怕政府安插在暗处的告密者或者暴徒。

一夜无眠。

整个国家连呼吸也痛。

城市与村庄饱尝了流离失所与流转离散之痛。

整个国家都沉默。

整个国家落入告密者与自大的凶犯手中。林立的高墙囚禁人性的自由,禁止自由的表达。

苦的是贫苦百姓,活在恐惧中又不敢发声的贫苦百姓。集体主义的鞭子落在贫苦百姓身上,百姓只能苟延残喘。

这个国家丧失了灵魂。

每个夜里,手风琴声唤来街区的家家户户。茨冈人的不眠之夜有音乐相伴。那鸿看着,他在观察中认真地倾听。一幅幅画面,一个个动景,每一种情绪都在他心里。阿拉丹则亲切地迎接人们的兴奋与各种想法,他仿佛拥有一种魔力,让每个人欣然地臣服于他。每个夜晚,音乐驱散了贫穷与饥饿的痛感,回到集权污染的家中,人们的耳畔似有余音缭绕,手风琴爱的呻吟、胜利与颤动陪伴着他们的下半夜。

又有人奋起反抗。但任何形式的反抗迎来的终究是即刻的残暴镇压。世界上每个角落都一样,不屈服或者自由都让权力忌惮。

不服从只有死路一条。

边界尤其受到严密的监控。数公里长的带刺铁丝网将这个国家与外界隔离。拔地而起的是一座座监狱,而不是工厂、民居或者医院。幽暗的地下室被改造成隔音的审讯室。刽子手下一秒就会沦为刀下魂,没有谁能逃过任意的审判。

然而,一天结束,音乐总会呼唤人们远离恐惧,拥抱高墙之下偷得的自由时光,音乐为百姓开了一扇窗,让他们暂且抛开贫穷与秘密警察的围困,容他们呼吸。

那鸿跟着他的马戏团朋友们学了两年。

一天出门前,他对阿拉丹说:"虽然我还没有准备好,但我相信不久的将来我们两个人一定能做到,你的手风琴能指引我们、带领我们,我们可以表演舞蹈、哑剧。你有音乐,我有不发声的身体,你的音乐和我的身体能够合而为一。我们两个人绝对可以打造一种新的形式,再加上妈妈的故事,我们的希奥。"那鸿把草稿上的素描、勾勾画画的笔记给阿拉丹看,这还是第一次。阿拉丹惊喜又开心,那鸿的火同样点燃了他。

那年那鸿十九岁,他说他要去找希奥朵拉。阿拉丹早就猜到他会这样做。那鸿也想再看看那条河,再看看鸟岛。那鸿背上自己亲手做的黄麻帆布包,带了几身衣物、刀、笔和记事本。

那鸿避开城与城、省与省之间的禁区,搭驳船或者渔船到了多瑙河。等他抵达希奥朵拉所在的地区时,酷暑快要结束。因为干旱,收成无望。河床干涸后变成了林中路。那里的人再也没有见过希奥。他走遍了各个村庄,农户、商贩和渔民他都一一问过了。没有希奥朵拉的音讯。偶尔他也搭旅人的车。那鸿向一位老农打探该如何上鸟岛，然后同一个工人商量，想借他的船，但他没有什么可作抵押："一个星期后我就回来。"他储备了一些粮食：面包、香肠、土豆，除此之外还有一块防水布和一件小型的渔具。

那鸿在鸟岛上训练、编舞，不停地打磨动作，在记事本上写写画画，周遭是大片野蛮生长的植被。他久久地凝视着昏昏欲睡的河流，似乎看出了生命的真谛，仿佛看到不远的将来一切都会改变，而生活将会越来越美好。第三天，一位少女乘船而来。她穿一条青蓝的长裙、一件白衫。她来时，刚好撞见他，他正在一小片空地反复地训练身体的柔韧性，打着赤脚，光着上身。那鸿吓了一跳。她没有走上前，而是步入高草与芦苇丛。

随后传来她的歌声：

> 跟随我的灵魂起舞
>
> 遵循心的旋律
>
> 死在我怀中的孩子与我共舞

舞步如流动的河

天上的灵魂看我

你啊你,跟随我的舞蹈唱吧

你啊你,跟随我的歌声跳吧

那鸿认识少女。她二十二岁。他搭过他们的车,好几个夜里,他就睡在她的祖父为他铺好的床垫上。那几天夜里,大家点起火,共吃一桌菜,共饮一壶酒。那鸿听老人家哀叹:"我的灵魂多亏星辰护佑。"战后,作为一个大家庭的唯一幸存者,爷孙俩离开家乡的小村庄,多年来驾着同一辆大篷车闯荡,相依为命。那鸿问她:"阿西娅,你在这儿做什么?"女孩浅浅一笑。"是你爷爷让你来的吗?"那鸿语气里没有任何的责备,最多只是惊讶。他盘腿坐在阿西娅对面,两个人凝视着对方。

"爷爷让我和你一起走,即便你和我们不是一类人。"

"我和你们一样。"

"你是白人。"

"我和你们一样。"

"我爷爷说了,跟着你,日子会好些。"

"我的生活,他了解多少?"

"他说你要找的那个女人,希奥朵拉,她不是你的母亲。"

"希奥是我的母亲。你爷爷老糊涂了。他的脑子已经没用了,只会唠叨。他的心里只装得下死去的人。谁都拿他没办法。我和你们一样,我们说着同样的语言,我听得懂你们音符中的纠结,你们的音乐不像笔直的道路,却像河流迂回曲折,这些我都感同身受,阿西娅,我不能带着你,我得走自己的路。"

"那鸿,你的路在哪儿?"

"希奥走过的路就是我将走的路,虽然我不知道该往哪儿走。"

"我爷爷……"

"别再提你爷爷了……他之所以想让你跟我结婚,是因为他怕自己死后没人照顾你。当初我跟他说过,现在我当着你的面再说一次'我要走自己的路'。我不是你的另一半。"

"爷爷说我们的同类不会接受我。"

"我再也不想听到'爷爷……爷爷',阿西娅,回到他的身边，好好地照顾他，像原来那样。他需要你，就像我之前说过的，给我十年的时间。"

女孩没有听从那鸿的话，而是走向来时的船，从缝缝补补的旧帆布包里拿出一袋东西，"爷爷让我给你带些吃的。他喜欢你。他担心你。他说虽然你总是沉默，但他读懂了你的灵魂。那鸿，我什么都不要。走过人山人海……生离死别，这就是我们毕生的功课。我们的经历终会被风吹散，我们的足迹终将被河水冲刷，月光却照进我的身体。希奥朵拉不是你的生母却胜似你的母亲，同样地，她也可以是我的母亲。你像风不可捉摸，而我，我追随我的灵魂起舞。"

那一晚，在鸟岛，那鸿与阿西娅相爱，就像希奥朵拉与阿拉丹从前那样。黄昏，那鸿与阿西娅在静静的暖河中裸泳。阿西娅笑得很美。他们点燃火把，驱散蚊虫。第二天一早，他们各自上了船，那鸿要把借来的船还回去。回来时，阿西娅脱了衣裳，跃入河中，游了半条河。阿西娅的笑仿佛绵长的呼吸，穿越整条河，在水面悠扬，伴着那鸿划桨穿行，不高不低刚好与他并肩。在阿西娅的笑声中,那鸿听出了忧郁、枯萎与惊惧。

半夜,阿西娅说起自己的父母、弟弟及妹妹是如何被迫害致死的。"我只是碰巧活了下来。我只是碰巧……妈妈生了病,没挺过来。爸爸被活活打死。弟弟没有吃的,饿死了。惨无人道的医学实验又害死了我的两个妹妹。就因为是双胞胎,就因为是茨冈人,两个妹妹沦为实验的工具。我呢,则像其他茨冈女孩一样被迫节育。如果我拥有茨冈女孩典型的蓝眼睛,如果我的眼睛像旅者之树绽放的花朵那般蓝,如果我的眼睛像天青石那样蓝,我也会死在实验室里。爷爷不知道自己是怎么活下来的。"

阿西娅经常游泳,游很久。"如果我有足够的耐力,呼吸更顺畅,我一定要游到大海。漂洋过海,游向另一条河,找到河的源头,然后忘了忘不掉的回忆。爷爷说那是不可能的事,给我三条命也做不到。"那鸿跳起新编的舞蹈,阿西娅唱起了歌。大部分时间里,两人默默无言地走过芜杂的草地。有时着衣裳,有时赤身裸体。不唱歌也不做爱时,阿西娅并不打扰那鸿工作。她游泳,或者思考水底随波飘摇的不知名的野物。她还会长时间地观鸟。她总是想起那片冻结的平原,烟囱排放尸体的焦臭,让人窒息。她总是想到那片平原上空飞翔的鸟儿。又有一次,傍晚余光曳地而行,光线为树冠披上别样的华纱时,她说:"爷爷说我们俩是两条不同的河,因为奔赴同样的灾难汇合。你有你的流向,我有我的流向,虽有不可知的未来,却因为更强大的死亡产生了交集。你要远离书籍,而我要走出大海和森林。为什么人都得背井离乡?为什么,那鸿?有谁知道答案吗?"那鸿在颤抖,痛苦穿透了他的骨骼。高高的野草中他一动不动地站着。他似乎听到了久远的不可名状的呻吟,像是嘶哑的低语,又像是孩子的咕哝。那鸿的双眼噙满泪水,止不住地往下流。阿西娅看着那鸿的泪打湿了土地。她任由那鸿痛快地哭泣。她脱下衣裳,温柔地潜入水中。阿西娅游啊游。游到很远的地方,又继续向前,在平静的水面留下麦穗一般的身影。夜幕降临,阿西娅还在水中游,在水的中央唱起了歌:

　　一贫如洗如我啊,

父亲啊,我的父亲,

没有葬礼的你,没有家园的我们

我们是任风摆布的木偶

还是世界的弃婴?

温柔的母亲啊,

我要上哪儿寻你,让你听到我的呼喊?

天堂的门已经关上

我要上哪儿,大地一片空荡

空空荡荡

去哪儿,还有哪儿可去?

谁来过,谁离开?

生存之路

迷雾重重

    那鸿走向河边。他蹲下身。阿西娅没有看到他,她游得太远,天又太黑。他也看不到她。他将手臂浸入水中,倾听流水拍打手臂的声音。阿西娅游了回来。她出水,穿衣,肩膀及肩膀以下全是水。她大声说话,尖厉的声音让字句模糊。反应过来后他明白了她在说什么,她说:"那鸿,我想起来了。那个绞刑架下的孩子。我想起来了,那鸿。现在我什么都记起来了,我想起你是谁了。眼泪,对,那时你的泪水与烟囱里飘散的烟灰混在一起。是你,你就是那个茨冈人爱着并拼命守护的白人孩子。是你,对,瘦弱的你,沉默寡言的你。你还记得小卡门吗,你的小妹妹,还有她那个被抢走的洋娃娃?你记得吗,寒冬里我们一步一步走在冻结的大地,没有尽头?你记得欧菲拉西亚唱的歌吗?告诉我你记得。你说啊,你记得吗,我们说过的那些话,唱过的那些歌,难道都变成过眼云烟了吗?还有饥饿和熊熊的烈火,一声连一声的呻吟,以及望梅止渴的咀嚼声,你记得吗,男人们手腕上戴的镣铐?那是我们杀猪时给猪上的镣铐啊。你记得吗,人渴到极限会发疯的,还有疾病,那些黑面神故意让我们染病!有的孩子还没有名字就已经死了。游牧的民族被人阻断了去路,落入围捕的死路。还有熊熊的火苗,吞噬着茨冈人的小提琴和吉他。你还记得那些骨瘦如柴的囚犯如何亲手抬起吉普车吗?就连我们脚下的大地也没有忘记我们死去的亲人与同伴,但即便大地也说不清她接纳了多少骸骨。大地也无能为力。那鸿你想起来了吗?那惨不忍睹的一幕幕。告诉我你没有忘记,那鸿!"

白月光下,阿西娅的每一个字在那鸿心田来回地翻滚,仿佛一条丝带死死缠绕他的身体,带来微妙的感觉。

说完那番话,阿西娅也被自己吓到了,自己竟在水声潺潺中喊出了那些话。原本混沌的记忆,暗角里黯淡的记忆,原本快要烂在肚子里的话,一股脑地涌上心头又都倾吐而出。

"那鸿,我的爷爷话不多,也不怎么会说话,总有这样的时候,人走不出自己眼中重重的雾霭,然后再也看不到太阳,也听不见鸟鸣。人的思考让位于口腹之欲。那鸿,听我说,我赤身裸体地在水中和你说话,爱你。河水环绕着我,没有一丝恶意,没有分毫的危险,清清白白。我的爷爷说过,流动就是水的命运,水将流入流浪者静心的旅途,爷爷说我们是被别人踩在脚下的人,但我不想往后余生都被人踩在脚下,不想孑然一身,不想与他人隔离,更不愿因为自己经历过折磨就视任何人为可能的敌人,那鸿,你我的生命之河有自己的走向,它们会继续出发,任何时候,生命的长河都不会停息,而将奔赴更广阔的大江大河。我们的河将欢畅地汇入大江大河而不是万人坑。

我唱的每一首歌都是我的河,而你,那鸿,你的身体就是你的河,你的河流融入生命的激情与苦痛。河流能够不断地消减过去,而我们也本不该活成过去的模样。那鸿,我不图你什么。你中有我,我中也有你。我的爷爷真正想说的只有这一句。过去,我们肮脏地活在迷雾里。那鸿!当你还是茨冈人热爱且守护的那个白人孩子时,满月什么都看在眼里,什么都听进去了,看得见也听得见人世的满月就是我唯一的衣裳。当时我们不可能猜到会有这样的一天,当时的我们也不可能想象今天的境遇。谁又有这样的本事呢?那鸿,我爱你。那鸿,我们身处的中央小岛就是我们最公正最诚实的见证,我爱你,我对你没有任何的虚言,那鸿,茨冈人深爱且守护的白人孩子啊,我爱你。"

河岸的灯芯草环绕着他,那鸿听阿西娅说着,等她回到自己的身边。他在等她透过欲望看着自己,他在等她从水中进入他的身体。

他张开双臂迎接他的女孩。

那鸿让阿西娅留下陪爷爷,自己踏上新的旅程,向北而行。

那鸿写信给阿拉丹,让他到边界的小城与自己会合。邻国正爆发颜色革命,那鸿想抓住这个机会,即便机会渺茫。为此他结识了一个能帮上忙的人,他想通过地下会议上认识的这些人到西边去。看完信,阿拉丹果断地上了路。他给希奥朵拉写了一封信,将信托付给一位朋友。

禁不住阿西娅一再的发问与内疚的折磨,那鸿给阿西娅写了一封信。很短的一封信。他让阿西娅离开那条河,离开那个笞杖徒流死的国家。"如果可以的话,和你的爷爷说一声再见再走,告诉他我打心眼里感激他,爱他。至于你的行囊,就带上你破碎的心吧,为你的心灵歌唱,让你的心灵永恒。我不知道我们将去往何方,如果可能的话,我们走一条远离泪水的路吧。不要怀抱期待,不要怀揣希望。让我们拥抱当下不确定的阳光吧。"

两个星期后,阿西娅终于与那鸿、阿拉丹会合。那鸿的信让阿西娅的爷爷非常开心。"我终于可到星星那儿再见我爱的人了。"当晚,伴着孙女的声音,老人睡得安稳。

从此,阿拉丹和希奥朵拉一样,也有了两个孩子。

几个月不断地、大胆地打探,工长的妻子终于打听到希奥朵拉的关押点。她的表妹在劳动改造及精神病中心当护士,多少女人、女孩被灌了实验的药物,在那里枯萎、腐烂。改造中心建在一间工厂的旁边,平日里中心的看护和几个护士总是欺凌她们。希奥朵拉从工厂出来后有了消息。但在此之前的几个星期,工厂的劳作就是各种刑罚。工厂、改造中心都一样,四面高高的铁栅栏。那天下着细雨,像往常那样寒冷。改造中心的女人身上穿的衣服不防水,她们穿着统一的灰色囚服,远远望去仿佛坍塌的灰色高墙。鞋底拍打湿漉漉的路面,回声凄凉。希奥朵拉靠右走着,并排有两个同伴。她们在说话。

工长的妻子开始糊弄自己的丈夫。当她丈夫表达爱意,他说一家人生活在一起真幸福,况且他把自己的孩子教育得很好时,她沉默。这个女人认出了希奥朵拉,她记得希奥朵拉的胸口有伤。希奥朵拉也算她的半个姐妹啊,她的祖母就是吉卜赛人,整个家族都反对祖父和祖母在一起,在他们看来,茨冈人是外族,必须时刻提防。这个女人原本住在边界山区的一个小乡村,在那里走私能发大财。这个女人并不表露自己的情绪。她在一个政府机构工作,照顾孩子上学放学。了解到希奥朵拉还活着,而且是以那样的方式活着,这个女人便盼着有一天能接近希奥朵拉,然后给她捎个话。于是她每天等在工厂出口处,等着那些判了刑的工人。那时希奥朵拉的身体明显已经好转,并没有留意到这个女人。这个女人久久地不发一言,始终犹豫不决。她向一位朋友吐露了自己的心事。她并没有点明希奥朵拉的名字,只说:"女人应该帮助女人,你见过谁会像她那样在危险不明的情况下让自己彻彻底底置身危险中吗?"朋友又将这番话说给另一个朋友听。三个女人之间常说些私密的话。社区节庆里组织活动的时候,男人忙着看孩子,她们三人便聚在一起说说笑笑,策划轮流监视工厂的情况。心血来潮的一句话却使她们之间的友谊变得更坚实。她们的孩子经常参加社区组织的青少年活动,她们三个则常出现在政策通气会上。终于有一天,那个女人向两个同伴坦白:"我说的都是我亲身的经历,我想胸口受过伤的那个女人认出了我的丈夫,我不清楚当时具体发生了什么,但想想办法总会找到答案的。我必须找出当年的真相。"三个朋友看着彼此,继续商量。她们从别的渠道获取了一些二手消息。这个女人逐渐地了解到茨冈人悲惨的经历。

这个女人每天都仔细地观察自己的丈夫,她希望他有倒下的一天,她以为这天不会太远,但是似乎遥遥无期。一天夜里,等孩子们都睡下了,她认为应该把话说开,洗碗时她开口了:"我又见到了那个女人。胸口有伤的那个女人,你竟然说她是疯子。我又见到她了,我知道她被关在哪儿,她没疯,她很清醒。我知道你对她做过什么,你们那群混蛋做过什么我都知道,我有证据。我要离婚,麻烦你从这个家滚出去。"看着丈夫因为自己深思熟虑的一番话坐不住了,她的语调反而愈加冷静而冷漠。他看着她,气得要哭了。"那是很久之前的事了。当时我们都还年轻,我们都是被强行征召的,必须服从命令,我无权反抗。为什么要因为战时特殊时期的经历谴责我?"妻子疏离的眼神让男人完全变了样。"那时还没打仗。别再编谎骗我了。离战争爆发还有一段日子。重点不是战争。难不成你还想装作战争的受害者?身不由己吗?一个罪犯竟然声称自己是受害者?你是想说,你听命于别人,你也没有办法。你这一辈子注定了永远也不会反思自己的罪孽。退一步,即便是战时,战争也不是万能的推责工具。现在我不想讨论这个,尤其不愿意和你多说。那个女人不怕你,当我看着她站在你面前的时候我就感受到了。反而是你先败下阵来。你记得她扯开自己衣服的时候你说什么了吗?"

"不。"

"说出来都是再一次对她的侮辱。日日夜夜想到这些话,想到那个女人,我整夜地睡不着。我知道她来自哪儿,我知道她经历了什么。你做过民兵,你是凶手,你甚至不觉得羞耻。你有没有哪怕一丁点的悔意?你骗了我。你口口声声说爱我,全都是空洞的大话、蠢话。我对你没有任何留恋,我为自己感到羞耻,为我曾经爱过你感到罪恶。你有没有为我们的孩子着想?如果有一天他们知道了真相,他们该如何生活?他们早晚都会知道真相。你辜负了我和孩子。请你离开我的生活。实际上,自从那个女人认出你并出现在我面前的时候,你在我的生活中就没有任何位置了。你甚至没发现你让我多恶心。你对她、对她的家庭、对那么多人犯下那样的罪行,竟然还能那样凌辱她?你才是真的疯了。你究竟伤害过多少人?你太侮辱人了!多厉害的傀儡的伎俩。就算你只是个提线木偶,你以为执行了龌龊指令的你就无辜了吗?那都是你亲手犯下的罪行。有多少罪犯和你一样,隐姓埋名过上了幸福的生活?比如你,当上了工头受人尊敬,结了婚有了孩子,还能活跃在工会活动中。我可怜你,也看不起你。你无法抹杀自己的过去。你认为知道真相后的我还能与你同床共枕吗?难道容忍你左手冷血地杀戮,右手抚摸我的肌肤吗?我完全无法理解,一个残暴的屠夫是如何心安理得地活下来、微笑、结婚生子的。我想了很久,永远不可能理解。你必须离开这个家。"

男人的眼中除不安外,又添不信任。妻子转身,留下手足无措的他。一个高大的男人瞬间散架一般,她并不看他一眼,说:"只要你离开,愿意离婚,我就不告发你。我保证绝不向任何部门告发你。那个女人所经历的一切,没人能弥补。谁都没资格。尤其是你。你的心里肯定已经为她下了判词:不就是一个茨冈人吗?我不能让你再留在我身边,一小时都不可以。"

对希奥朵拉、蒂波和捡来的小女孩来说,夏天正逝去。

街区的人已经开始嫌弃老太太啰唆。她在想什么呢?她所看到的一切不正是悲惨却乏味的日常。这里的人们已经接受了自身背负的诅咒,并不欢迎她的到来。她最好从哪儿来回哪儿去,别瞎操心。当年她运气好,能够脱离政权的摆布,但是她知不知道共产党明显好过现在的执政党?她装作了解贫民窟、棚户区的样子。所谓"了解"太轻巧。如今的孩子所受的教育远不如从前,现在生了病也没办法像从前那样得到很好的治疗。至于工作,贫民窟的人们的词汇表里已经没有"工作"这个词了,连工作都嫌弃他们。清洁工的工作也轮不到他们。高墙倒了,给他们带来了什么?除了加剧的贫穷,严重的排斥,还有无法忍受的羞辱。耳朵听着羞辱,肚子喊着饿。过去就是过去,老太太什么都改变不了。如果她真想帮忙,就不会想要死在这里。"我才不要管那老不死的脑袋里在想些什么。"一个男的抱怨。

"我忘了太多,"老希奥朵拉叹了一口气,"原本我对自己说，要把一切都写下来，我没有做到。原来我还说要不断地阅读，也成了空话。婆婆、小姑子为了阻止我看书、写字，不停地让我干活。好不容易写下的一字一句却被扔进火堆，我忘不了那个画面。经历了集中营、改造中心、监狱……废墟中爬出来的我没有哪一天不想起那个画面。离开阿拉丹和那鸿的漫长岁月里，我没有他们的一点消息，不知道他们过得怎么样。自从我腹部中了仇恨的刀子，反而自愈了。他们趁此机会逼我绝育，只因为我有着棕色的肤色。有多少女人因为同样的原因遭受同样的命运？我以工人的身份进入工厂，工厂实际上却是监狱，在那里，男女分开。女人生产电子器件，行监坐守中没日没夜地干活。人死了就死了，活着的人继续打造团结、友爱的新人类……我出狱前的三四个月，来了一个狱警。这个外号'公牛颈'的狱警极其残暴。他从不说话，只用吼的。都说他脑子里只有革命的条条框框。见到他的第一眼我就认出了他，但是很奇怪，我不再怕他，反而他一再地逃避我。后来有一天，谁都不知道为什么，突然他就从厂长沦为了阶下囚，像只牲畜一样干活。"

希奥朵拉出狱的那天,那个女人在门口等她。

看到她时希奥朵拉后退了一步。

"你想做什么?"

"我想做我该做的事。我叫利维雅,跟我回家吧,我一直住在老地方,你可以住下来,养好身体。希奥朵拉,别怕,我的丈夫已经离开。他在别的城市生活。他没办法再伤害你。我知道他对你做过什么,虽然了解得还不全面。等你身体恢复了,如果你愿意,请你告诉我全部的真相。"

希奥朵拉接受了她的邀请,听她细细道来。希奥朵拉没有告诉利维雅她的丈夫已经死在其他囚犯手上。希奥朵拉睡了很久。

一天夜里,等孩子们都睡下,利维雅让希奥朵拉告诉她她的前夫做民兵时到底做了什么,她说:"不要刻意地省略,什么都不要省略。我想了解,我在尽力,如果可能的话,我想了解一切。"希奥朵拉娓娓道来,就像利维雅说的,没有刻意地省略。一晚说不尽,接下来又是一晚……利维雅听着。等到希奥朵拉说完,利维雅问她是否需要告诉孩子们他们的父亲曾经犯下的罪行。"告诉他们吧。"这时希奥朵拉将她丈夫的死讯告诉了利维雅。

利维雅说:"对我而言,他早就死了。爱上他是我人生的污点。"

"你想过他会是这样的人吗?哪怕只是一两个念头或者怀疑?"

"不,从来没有,我根本不会往这个方向想,但就是这样我才感到后怕。我一直在回忆,到了现在我还在回忆里不断地翻找零星半点的迹象,成百上千次地我问我自己,为什么没有发现他是这样一个人。他隐藏得太好,没有半点漏洞。他爱过我,我也爱过他。那时我还年轻,我们想着战争结束了终于可以好好地生活,好好地规划未来。我始终无法理解他是怎么做到毫无愧疚地继续生活的。他在残暴地伤害他人的时候,他的人性呢?或者一直以来其实我都在睁一只眼闭一只眼地骗自己。不,希奥朵拉,我向你保证,我真的毫无觉察。究竟有多少男男女女隐瞒了他们的过去?一个人如何用两副面孔活着?如果那天你没有出现,现在我仍旧与他生活在一起,活在无知当中。希奥朵拉,你救了我和我的孩子,是你逼着我睁开自己的眼睛。"

"那天为了让他看到我，我做得太过分。"

有一天，利维雅又说："我们了解你所经历的一切，现在我们都知道了，这样的经历不该也不可能被视而不见，但是了解又有什么用，谁又能真正保护你呢？我同样什么都没有做，我不能再拿年轻当借口，不能再心安理得地眼睁睁地看着你经历无端的仇恨。"

希奥朵拉看着她的朋友："就算到了今天，你有看到谁站出来为我们辩护吗？即便我们经历的一切历历在目。无数死去的人似乎只是一个无意义的符号。或者只是一个事故，无数事故中再普通不过的一个。又或者只算一次失误。旁人看我们的目光仍旧没有丝毫的改变。唯一的变化就是公开的排斥转到了私下，也就是反而多出了虚伪。"

希奥朵拉在利维雅家住了一个月。这期间，她调养自己的身体，直面利维雅的困惑。

她也说起那鸿和阿拉丹："我要找到他们。只要他们还活着，只要还有关于他们的消息，哪怕只是零星半点，我也要找到他们，而不是自顾自地活在别的地方。豁出我这条命也在所不惜。我再也不愿重复童年的经历,再也不愿无止境地漂泊。"

希奥朵拉看着睡着的孩子说:"在我渴望再见他们的时候,在我朝着他们走去的时候,我出发了,等了我太久的人却也离开了。邻里再也没有那鸿和阿拉丹的消息,他们并不关心他们到底去了哪里,即便他们仍旧怀念音乐相伴的夜晚,但那已经太过久远。幸好一个女人始终保存着阿拉丹的那封信。她把阿拉丹留的信藏在自己房间的地板下。两天的时间里我一直和她待在一起,然后就又上路了,朝着禁区走去。我知道他们去了哪里,在做什么,我要去阿拉丹要我去的地方。"

就像阿拉丹信里说的,希奥朵拉将会在一个集中营幸存者的手中拿到第二封信。出于谨慎,希奥朵拉观察了几天,这个女人和自己的儿子住在一间土坯房里。之后,希奥朵拉才现身,表明自己的身份。这个矿区的生活条件要好一些。除了官方派的工作,这里的人能做些违法的生意,赚点小钱。

怕警察突然找上门,这个女人把信装进塑料袋,再埋在自家韭菜地中间。

希奥朵拉看着那封信。

希奥朵拉,你在哪儿?在这个戴着镣铐的国家,你能逃到哪儿去?你是不是活得很辛苦?我们没有任何一点关于你的消息。等你的日子对我和那鸿而言无异于酷刑。我们想你。我们决定离开这个国家,风险再大我们也要离开,我们不愿继续活在无尽的仇恨中。离开会不会更加令人窒息(还是慢慢地内耗至死)?再见,希奥朵拉。

写信给你,我能够随心所欲地写下点什么。把信交给你的这个女人是自己人。

我们在哪儿停下,就在哪儿等你。

把信交给希奥朵拉的人后来再也没有阿拉丹、那鸿或者那个帮他们偷渡的人的消息。她甚至不知道那个疯狂地爱着那鸿的年轻歌者阿西娅后来怎么样了。想到那鸿被人爱着，甚至可能也爱着那个人，希奥朵拉感到欣慰。那个帮他们偷越国境的人有没有被警察抓住？他真的能够做到对家庭不管不顾吗？没有人再见过他。这个人对全国的边边角角了若指掌，行动前必定把所有可能的状况都仔细地分析研究过。虽然这个女人积极地帮忙，但最终还是没有找到这个组织偷渡的人。边界的监控越来越严密，技术手段也更加高效。没有人敢冒险，就在几个星期前，两个偷渡的人直接被枪杀了。这个女人告诉希奥朵拉："现在都说走水路要容易一些，但也得找到一只商船，还得说服船长让你这样没有通行证的人上船。上哪儿找这样的船？上哪儿找这样的船长？每个人都只会动动嘴皮子，为了说服自己生活还有别的可能，他们给自己编了多少不堪一击的故事，又怀抱了多少不切实际的幻想。不过也许你可以试试。站在我的角度，希奥朵拉，我想告诉你，换作是我，如果我的丈夫生死未卜，即便我有法子离开，我也绝不会轻举妄动。"

松树的树荫下,希奥朵拉睡着了。这一天的午后,希奥朵拉说了好久,说得都累了。

小女孩穿着老太太刚给她买的金袖扣短袖黄裙,靠在轮椅的轮子上,将裙褶抚平。

闷热而明净的夜里，整个城市，哪怕破败如希奥朵拉所在的街巷，都通宵达旦地歌舞升平、吃吃喝喝。烤肉、烤鱼的味道混杂在一起，在串灯缤纷的光影中穿街走巷。人行道上仓促搭建的临时摊贩杂七杂八什么都卖，新的、旧的都有。酒吧和餐馆还有空位。劣质扩音器传出的音乐一曲盖过一曲，音符在空中打架。人和人的打架斗殴也已经发生了好几起。有时候是因为年轻人欺负邋遢的穷人，有时候是围殴拐卖孩子的人，有时候是想骂醒那些自以为是地跑到白人专属区的白化黑人。按警察的统计，二十多人受了刀伤。见血这种再日常不过的杂闻，连当地报纸都提不起报道的兴致，即便报道了也经过大篇幅的删减，或者直接采用官方的通报。市政厅邀请的音乐人、舞者顺多瑙河而下，临近黎明时聚集在临河的广场，共同演绎助兴的节目或者节庆的即兴节目。无忧无虑的氛围感染着众人，各个年龄段的情侣享受当下，缠绵地拥抱。

庆典后的这天早晨，一群群的孩子在男辅导员、女辅导员的带领下上了三层的邮轮，所有人统一着白衫。市政当局决定为贫困家庭的孩子提供游轮一日游的机会。

老希奥朵拉为小女孩报了名,也想借机最后一次看海。她一袭白裙配肩头夺目的红披巾,坐在顶层甲板船头的长凳上。孩子挤满了客厅、餐厅、舞池,相互嬉戏打闹,穿梭于甲板间。两位手风琴演奏家与老希奥朵拉聊天,话语间带着口音,他们想为她献上手风琴舞曲,为她接风。老希奥朵拉高兴极了,小女孩也笑了,人生第一次旅行满载幸福与兴奋。游轮离岸越来越远时,她对老太太说"你看",老太太回头,空洞地看着眼前的一切,努力地回忆,"还有不到两个小时我们就要到鸟岛了。如果我不小心睡着,叫醒我。即便我看不见,我可以想象自己漫步其间,像从前那样爱着,对啊,像年轻时那样爱着。"蓝蓝的天空万里无云,映得平静而不透明的河面波光粼粼。阳光反而透着金属的光芒。蒂波支起一把遮阳伞,她说:"这就是当年我离家的路。"

小女孩穿一条蓝点坎肩裙,蓝色的皮凉鞋。为了这趟旅程,老太太执意要买一条裙子给她。她和几个孩子围着熟睡的老希奥朵拉玩耍。小女孩对其他孩子说:

"瞧,她在笑。"

她转向蒂波:"她为什么笑?"

"不知道,可能想起了有趣的事。"

"那我还是走吧。我可不想听她的故事。"

那个女人说服了希奥朵拉。穿越国界无望的希奥朵拉决定在多瑙河三角洲边上的城市住下。

河流、三角洲、大海,她反复念及的词,她不断梦着的空间撑起了她,给了她呼吸。当她认出外号"公牛颈"的工长时她便念着河流、三角洲、大海。但那时候,当她执意要他看见自己时,她反而迷失了。现在,心有山川湖海的希奥朵拉走向不知她过去的地方,在她看来,隐姓埋名才能赢得未来。几个世纪以来膘肥体壮的骏马驮着拖车、篷车,载着无数家庭迁徙,他们走过的路虽然并非禁地,如今却落入各种警力的严加监控。幸好有那个女人指路,希奥朵拉的行程还算顺利。她走着,一路走着,呼吸着新生的空气,仿佛托起明天的难民。行走的过程中,希奥朵拉驯服了脚下的大地,她不断地向自己发问,不断地打破自己的幻想。走得越远,越来越不确定。每走一步,身体与身体的感受都在对话。逐渐地,她的身体已经能够表达她的精神及灵魂的丰满。她感觉到了,每一步都让脆弱身体蕴藉精神的力量,她的身体因而同时的脆弱而强大。无法忘却的一切,她避开不去回想。她走到缺氧。不知从哪儿来,不知向何处去,她只有一个念头,走下去,除此之外别无他想。从监狱-改造中心出来后,希奥朵拉想找个没那么糟糕的地方,至少很长一段时间内这个国家还将捆绑在卑鄙无耻的弄权者、投机分子和领导人空洞的口号和谎言上,充斥着各种卑躬屈膝的走狗,而唯一的报纸则全力宣扬要打造新人类。多少年来不断有新口号说要为所有人带来福祉,但放眼望去,希奥朵拉走过的地方都饥寒交迫。希奥朵拉如饥似渴地看着阳光下的村庄、麦田、玉米地、葡萄园和起伏的山谷。她走过煤尘覆盖的地区和城市,日复一日的污染让生活在这些地方的人难以呼吸。

孩子饿了,孩子发高烧,母亲们便唱起歌哄孩子们睡去。希奥朵拉听着她们唱起的摇篮曲,久远的歌谣与叹息风一般逆光飞行,穿山越岭,又风一般消散得无影无踪。美妙的歌声仿佛悦耳的宣言,唤醒了思想。希奥朵拉任由这歌声穿透自己。女人们为自己、为自己的女儿而唱。歌声中有大地、孩子与婚姻。她们歌唱果实、水源,她们歌唱的仍然是孩子。传唱着先祖、生命,传唱的仍然是孩子。听来的歌词与脱口而出的话交织成歌,从女人身体的阴影中流淌而出,让整个宇宙都着迷。体内流淌而出的歌声打开了人们的眼睛。天空追随着无尽的歌声,无尽飘荡的歌声在空中交汇。谦卑的人生生不息,反抗的人生生不息。当歌声停息,希奥朵拉心想:歌声坠落了,好像狂风扫落叶一般,又像看着报纸上悲伤的字句画上句号。"我听见喉咙滴血的声音,像是欧菲拉西亚声声带血,又像妈妈的生命之书字字泣血。"

走了几个星期,一路焦灼、疲惫与执拗,终于走到了一个港口城市。这天是圣约翰节,人们点燃火把,腾起的火焰冲上天空。家家户户围拢在火把前,夏夜里纵享佳肴美酒。希奥朵拉始终有心理阴影,不愿靠近火光。

希奥朵拉认真地打量着这座城市,她不愿意再错过。她走过酒吧、市集、码头、公园,甚至走进教堂。她听着、看着、等待着。她留意脚下、建筑的外墙及来来往往的人的面容。白昼过去夜晚到来,她始终唱着听来的歌,歌声既无悲切,也不沉重,随心而出,随性而止。一对老夫妻看到她便想起自己的妹妹,表现得很友好。他们猜到希奥朵拉想穿越国界,主动提出要帮助她:"我们在这儿认识很多人，你上港口去，你会找到你想要的。我们的儿子当时就是走这条路离开的，他和你一样，这里的生活让他窒息。希望他做到了，三年了，毫无音讯。但我们相信他是出于谨慎，毕竟我们身边有太多暗探盯着，他没办法轻易现身。如果让他们发现他偷跑出国，我们的麻烦就大了。你要表现得很有洞察力又狡猾，这样一来就应该没什么问题。"

希奥朵拉决定上前和一位船长谈谈。这人掌管着一条47米长的商船娑摩吠陀号。当时她身上穿的男装是向房东退休工人借的，包括一条橡木色的粗拉绒长裤，草绿色接扣夹克，橄榄绿棉布衬衫和米色短靴。一顶褪了色的蓝色鸭舌帽盖住了她的长发。

她花了几个晚上跟踪这个船长。夜幕降临，一袭沙色亚麻套装的船长独自下船，一路吸着烟斗，步伐轻盈而规律，从沿岸走进"安慰"咖啡吧。进门是一个有着廊柱的巨大空间，昏暗，烟雾缭绕，汗水的湿气与猪油汤的热气混杂在一起。船长一般点一杯啤酒，偶尔也点两杯，酒摆在一边,他喝得极慢。最里边有几个人在打桌球,堆满杯盏的吧台旁,萨克斯手和吉他手在台上演奏流行乐。希奥朵拉细细地看着这个金色卷发的男人,看着他开朗的面庞上闪烁的忧郁眼神。他走到煤气灯照亮的角落坐下,看着酒吧台上瘫倒或围坐的人。周遭的对话、醉话还有刻意的大笑,他在听吗?那些或肥胖或瘦弱的身体刻下的疲惫,那些面颊皱纹里写满的筋疲力尽,他在看吗?夜幕降临时男男女女发自内心的快乐,他感受到了吗?人们内心饥渴的爱与欲呢?尤其求而不得的自由及灵魂深处绝望的愤愤不平,他是否都能看到、听到、感受到?还是他在看着阴暗角落里见不得人的交易?

希奥朵拉在疑问间自我拉扯,最终她自问自答:"他都看到了。"

希奥朵拉走进咖啡吧,点了一杯啤酒,坐在船长边的桌台。他打量她。两人久久地对视。她自认为以坚定的语气请他聊一聊他的船、他的目的地及船上的水手,即便她不确定他是否听得懂这个国家的语言。他以近乎悦耳的平稳声调回答她,眼神始终停留在她身上,"我们的目的地？难道我们有目的地吗？没有。我们的字典里没有这个词，至于船上的水手，虽然来自不同的国家，但就像你说的，我们是患难的兄弟，有着过命的情谊。船上总共有九个人。因为长时间在一起，我们学会了彼此的语言，有一个来自美国最南边的家伙甚至发明了一种通用语。他称自己的小木屋'伟大的综合长廊'，他说南极星掌管出生，北极星专司死亡，生活则摇曳在情欲骚动的东方与野心勃勃的西方之间，每个人都要在人世找到自己的歌，走出自己的路。暴风雨的天气，有他掌舵，船仍然能够平稳前行。这个水手自称埃勒泰尔，是我们当中年纪最大的。一伙流氓警察劫持并杀害他的妻子和孩子后，他抛下土地、农场和马匹，变卖所有家产后上了船，想要到南欧定居。他带了两箱行李，一箱装满最上等的衣物，一箱装满书和财富，到了今天我们仍然受用。"

船长不说话，看着熄灭的烟斗。重新点燃烟斗后，他看向咖啡吧内坐着的人，看他们杯盏交错时耷拉的眼睛，听他们言谈间沙哑的嗓音，或者一桌一桌地看过去，看他们下棋或者打牌。萨克斯手演奏着艳情的轻柔曲调，对于舞池中难舍难分的情侣来说，分开似乎会要了他们的命。男的微醺,跳舞时闭着眼睛。天气还很温和,他却穿了落到脚踝的长大衣,他靠近女友的颈窝说话。两个人自成一个世界。船长起身,又点了两杯啤酒。他说:"很长一段时间以来我们尽量少上陆地,比起突突的枪声,以及自以为掌控了世界实际上却毁了世界的人的吵吵嚷嚷,我们宁愿听海风大作。大海里听不到亡魂载道的怨声,听不到酷刑下的撕心裂肺,听不到饥饿的怨愤,我们心里却都清清楚楚。无论如何大海绝不妨碍自由,也从不阻碍我们爱女人,节制地享受爱的欢愉。即便有时候我们带女人上船寻欢,平时却不用生活在一起。婆摩吠陀号相当于我们生活的实验室。我们共同试验,拒绝激情、荣誉、个人利益,却不拒绝作乐、幽默与自嘲,这样一来既能增添个人魅力,又能加深彼此间的牵绊。对于世界的进步我们持否定的态度,如何否定那是个人的事,但有两点公约,彼此尊重,打点好婆摩吠陀号。很多人来过又走了,有的一待几年,有的也就几个月的时间,有的甚至上船几个星期就走人,海上的生活令他们感到厌倦或者无法再让他们放开作乐时,他们便走了。我的意思是,一成不变的生活没有尽头,让他们感到折磨而不是安慰。

有的人到了某一天再也无法忍受眼前压倒一切、吞噬一切又让人无力抵抗的大海,这样想来生活不是挺荒诞吗?大海就是这样一个无限沉重又充满掠夺性的蓝色的庞然大物。有时凝视大海、死死地看向永恒的灵魂会漂得太远,太危险,有的人听着大海无始无终的曲调,一瞬间深陷其中,无以抵抗强大的吸引力,迷醉于海洋感性的透明之中,直到无法忍受的那一天。"周遭一片喧嚣,希奥朵拉只听见这个男人的声音,她甚至听不见吉他与萨克斯上扬的欢畅合音,最后这个转音后,酒吧打烊了。

船长的目光追随着舞动中的情侣,两人忽然闹了别扭。女方突然推了男方一把,走开。男的晃了一下,没有站稳。女的穿过大厅,径直走进黑夜。酒吧老板劝男的先回去,送他到了门口。

希奥朵拉干了杯中的酒,问他能不能带她上船:"我只是好奇船上的生活到底是怎样的。"

船长大笑着起身:"明天同样的时间,我给你答案。同样的地方,门厅见。做出任何邀请前我必须征得我的同伴的同意。"

穿着同样的男装,希奥朵拉来到"安慰"酒吧,在她面前,是包括船长在内的娑摩吠陀的九名成员,除了船长外,都是陌生的面孔。希奥朵拉跟着船长上了船,这期间两人默不作声。甲板的过道传来钢琴声。溢出身体一般的琴声以无比的穿透力安抚着大地满目的疮痍。仿佛溪流忽闪而过的光芒,一幅画面倏忽而过:安吉丽卡婚礼当晚,树林里的阿拉丹在拉手风琴。希奥朵拉随音符而往,跟随船长进入客厅,里边有四个水手倚着靠枕,抽着烟,喝着酒,听着同伴演奏钢琴,那是一架嵌深色木料的抛光三角钢琴。船长低声说:"这是我们的'沉默厅',弹钢琴的水手是巴巴达格,他是个哑巴,但他的双手会说话。离开中亚后他一直和我们在一起,已经 7 年了。"烛光微颤中隐隐约约,希奥朵拉闭上眼睛。精湛的琴技游走于高昂、低沉的情绪间,将希奥朵拉卷入起伏的声色波涛,一个陌生的人用音乐打开了所有人,每一个人都因此敞开,又紧密地联结在一起,紧紧地维系于神圣而巨大的孤独。"我从没见过弹钢琴的人。"希奥朵拉这么想着,又想到了母亲的那本生命之书,"妈妈的生命之书也会因为如此有生机的音乐而敞开吧,每一个音符都仿佛在邀请人们穿越时空,感受音乐的光辉。"但是一想到阿拉丹,希奥朵拉又游离于琴声外。船长让希奥朵拉跟上,向她介绍:"你看到沉默厅里的那对双胞胎是机械师,一个叫押沙龙,另一个叫玛尔达,两人来自中欧的山区。他们的工作就是尽可能地让机器平稳地运转。另一个是雅库布,他是我们的电报员,能够截获受保护的频率,破解编码的信息。但他最大的兴趣是自由自在地看海天之间的互动,在他眼里,岛屿是散落的星辰,群岛是群星联结的星座。娑摩吠陀号停靠在东非一个很小的港口,雅库布上了船,加入我们。在那之前他在港务总监的办公室做电报员。那是他第一次出海,寸步不离他的独木船半步,说是万一发生了意外,独木船就是他的救生艇。从此以后,那艘独木船就拴在甲板上,停在救生艇旁边。雅库布是我们当中最小的,只有二十一岁。剩下那个是拉亚卡利奥,船的日常维护和修理都靠他。有时间的话他也画画,天空的各种蓝与大海的各种绿都是他挚爱,当然要他有时间,因为他还担任我们的设计师,我们所有人的衣服都出自他的'设计工坊'。他的设计工坊有各季各种各样的布料,都是在停靠的港口买的。他来自遥远的北欧,靠近极地的地方。"

走上顶层甲板,两盏低功率的灯亮着,船长转向希奥朵拉,解开扣子的上衣露出下摆,却不显得唐突,希奥朵拉来不及反应。

"你想要什么?"

"请带我离开这个国家,离开这座牢笼,早晚有一天它会把我吞没的。"

"你是一个女人。通常这是行不通的。不过我也得承认,对于意料之外乃至可能之外的事,我们都愿意打开大门并且敞开怀抱。"

"那个弹钢琴的人……"

"巴巴达格的琴声并非日日如此狂乱,这也美得太过分了。"

音乐在他和她之间游走,希奥朵拉靠近船栏,凝望港口的光亮,以及更远处城市的霓虹。"我知道你在跟踪我,我默许了,你让我产生了兴趣,你笨手笨脚的样子讨人喜欢,我知道你会走上前和我搭话。昨天夜里,当我说到女人,我看见你眼神躲闪。还有你头上这顶帽子,多可笑,你不会以为这样一顶帽子能盖住你浓密的头发吧?"

他温柔地摘下她的帽子,她的长发倾斜而下。乌黑的长发掠过她的双肩,披散在背后。船长的手抚过她齐肩的长发。希奥朵拉并不反抗。他的指尖滑过她的肌肤。希奥朵拉的心神凌乱了,多年来她从未经历如此美妙的时刻。她的手与他的手交缠。他的手离开她的手:"你身上这件夹克藏不住你胸口的弧度,纵情欢乐吧,娑摩吠陀号是你我的欢乐场。"

希奥朵拉穿过甲板,水光与夜色浸透她的双眸。莫名的幸福涌向她:"我不确定自己能不能游戏人生,但我清楚自己的拒绝,以及离开的坚决。从这一刻起,国籍从我的人生中抹去。"

湿意的微风吹起希奥朵拉乌黑的长发。"我不知道你来自何方,不知道你是谁,但你的勇敢那么迷人。弹钢琴的巴巴达格懂你,当我说我想带一个女扮男装的陌生人上船时,巴巴达格便说,乔装打扮不正是我们希望的生活方式吗,拒绝标注的人生,包容对立与矛盾。我们打造这样的生活,或许就是为了避免感觉昏昏欲睡。我们的钢琴家希望你上娑摩吠陀号来,就现在,他在即兴地演奏,吟咏逃离,以及对自由不断的追寻。人在不断的逃离与追寻中道出世界,哪里有自由哪里就有灵魂的歌者。"

音乐的河送希奥朵拉到生活不竭的水源。那是童年后的希奥朵拉再未经历的生活。

"他真的不能说话吗?"

"都是严刑拷打的缘故。原本他好像是个颇有名望的男高音,却因为在政治上提出反对的声音,牺牲了自己的远大前程。刽子手毁了他的声带,以为这样一来就能毁了他整个的人生。他们不知道巴巴达格会弹钢琴,否则他们可能连他的一双手也废了。九年改造中心不人不鬼的生涯后,他从那里出来,重新开始学习钢琴。他在酒吧里表演,收入微薄。警察仍旧不断地骚扰他,精神的折磨替代了肉体的折磨。他把赚来的钱全给了蛇头,最终离开了那个国家,然后在非洲之角的一个港口酒吧里遇上了雅库布。当时他在一家宝石开采公司当卡车司机,雅库布与其他水手刚好经过,他便在一张卡片上写下了这句话:'我想坐船离开,随便什么船随便开往哪里都可以。我必须离开。'雅库布邀他上了娑摩吠陀号。"

送希奥朵拉回城的时候，船长交代："旅程会很久，辗转几周甚至几个月，对于陆地上生活的人来说，单调乏味的生活只有害处，血液里似乎都流淌着无趣，整个人被掏空一般忧郁，而船上的生活就是这样贫瘠，没有那么多选择，只有有限的消遣时光。我们的工作需要长时间如一地保持警觉，不能被鲸鱼的牢骚催眠。爱大海的人如果没有能力让它听话，如果不能预估它汹涌的波涛与翻滚的海浪，又如何与之良好互动？"

他说的每一句话，希奥朵拉都听进去了，她知道他会答应自己的要求，娑摩吠陀号会带她离开这个苦难的国家。她怀疑此刻自己的脸上写着明显的亟不可待，仿佛喝醉了一般。他说："我会和同伴们商量，如果他们答应，你可以乘娑摩吠陀号离开这里，无论发生什么，无论何时何地，没有人会泄露你的行踪。违反法令的秘密行动很让人动心。明晚'安慰'咖啡吧前见。"

婆摩吠陀号已经航行了七日。

出发时,船长说:"海上的漂流仿佛慢歌,又像独一无二的分句。"登船时,希奥朵拉只带了一件行李:装了几件衣物的皮箱,她穿过的那身男装留在那对老夫妻的小屋里。

每天晚上,船长约瑟夫让希奥朵拉到他的房间,他把自己的房间称为"和谐体首座"。因为他,希奥朵拉重拾了肌肤之亲的欢愉。徜徉在欲望中的两人抚摸、沉默、喘息,身体火热地纠缠。希奥朵拉的身体呼吸着快乐。每个夜里,约瑟夫让希奥朵拉说一说自己胸口的伤疤,那么多年过去那块伤疤依旧如此刺眼,但是希奥朵拉拒绝了:"你警告过我,陆地生活的人面对大海的宁静会乱了心神,然后人就忧郁了。不要忘了,我也是陆地生活的人。我不怕海洋的无常与无度,我只怕自己的过往。"为了点燃身体的爱欲,约瑟夫每晚高声朗诵不同的书。希奥朵拉享受阅读带来的仪式感:"很久之前我就已经学着看书写字,却也只能看书写字,并没有机会深入下去,更别说像你这样读出一种仪式感。我必须承认,我从未完整地看完一本书。我的生活耗在了别的上面。活着已经花光了我的力气。"

在一起后,希奥朵拉了解了约瑟夫的过去。他去过所有大洋,穿越过所有海洋,即便清楚与新政权为敌的后果,他仍然暗中帮运武器,支持争取独立的殖民地的人民,以及被压迫的民族,如果时间重来,他不确定自己仍旧会如此义无反顾,"当时我们只有一个念头:人民有权决定自己的命运。"娑摩吠陀号收留过迷航的人、逃离军营的人、穷困潦倒之人,以及不受任何国土欢迎的人。

"我们的厨师格查尔科塔尔,当时我们发现他的时候,那只没有马达的阿拉伯小帆船上还有十五个左右和他一样饥渴得只剩半条命的人。他决定加入我们的时候,既不了解船上的生活,又不懂烹饪,后来他跟着船上的总厨学到了厨艺。流亡海上的日子里他靠海水为生,最终毁了自己的一个肾。另一个厨师,楚纳,实在无法忍受殖民政权下苟延残喘的生活,逃了出来,残暴的殖民政权根本让人看不到希望。他的膝盖因为严刑拷打废了,后来走路只能一瘸一拐的。"

"乘客那么少,需要两个厨师?"

"楚纳做汤一流。我们都爱他做的汤,而且他有一种能力,任何场合都能把人逗笑。我对你说过,娑摩吠陀号只有相互的理解与彼此的情谊,我们没必要为自己的思想设限,纠缠于陆地上那些无聊的琐事,我们在用自己的方式诠释'闯荡'。"

有时候,夜里,巴巴达格弹钢琴,约瑟夫站到沉默厅的台前,朗诵那些本可以写下却未曾写下的诗句。他的同伴唱起逗乐的轻浮曲调,有时也隐隐怀念陆地生活的曾经,哼唱忧伤的歌曲,应和着约瑟夫。每个人都在说自己的母语。有一次,厨师楚纳让希奥朵拉唱一唱她母亲生命之书中的歌曲。童年时听过的曲调、听见的话语似乎从未走远,一时间全都涌上她的心头,患难与共的这群人陪伴着希奥朵拉,再一次重温遥远的童年。像新婚当夜及安吉丽卡婚礼当晚那般,希奥朵拉尽情地唱啊,跳啊,男人们环绕着她舞动身体。沉默之厅里,希奥朵拉变回河畔小径上的翩翩少女。

和这群野蛮、骄傲的男人在一起,希奥朵拉感到前所未有的安宁,他们之间不掺杂一丁点的猜疑。每个人都有不堪回首的过去,他们却用自己的方式继续闯荡,没有谁为谁指点迷津,每个人都为自己而活,彼此间亲切地交流,却从不干涉彼此。她疯狂地热爱娑摩吠陀号的一切,她告诉自己:"他们就是我全新的花园。"约瑟夫是船上唯一一个会说希奥朵拉母语的人,船上各种各样的语言夹杂在一起,总让希奥朵拉一头雾水。希奥朵拉再一次学着去聆听风一般的笑声,她享受走失在笑声中的美好。走上甲板,她便直视那海天相接的蓝。海洋的气息滋养着她。她在海声轰鸣中沉醉,无论是海风凛冽,海浪翻滚,在她看来,都是灵魂汹涌的姿态。海洋的点滴都让她热爱,在海洋面前,不需要聪明才智。眼前的一幕幕深深地刻进希奥朵拉的脑海,希奥朵拉将船上几周发生的一切都写在约瑟夫给的本子上。自我在写作时温柔地陷落,一字一句闪烁着光芒,无尽地流亡、放逐,写作的自我仿佛离开母体的婴儿,字句如纷飞的蝴蝶。"我要读给阿拉丹和那鸿听。"她笃信能与阿拉丹和那鸿重逢。希奥朵拉学习身边人说的各种语言,然后一笔一画、白纸黑字地记录在本子上。听着他们,观察他们,她这才发现自己一家,以及幼时熟悉的人们乃至世人的无知。娑摩吠陀号让她产生了归属感,似乎终于和这个世界产生了交集。

再后来,希奥朵拉连续几天几夜不说话,她把自己关在房间里,有时甚至不吃不喝。她再也不看海。她要避开狂风骤雨的激情,她要省下心力,想象母亲那本生命之书,也细听阿拉丹的手风琴声。而河水混沌的幼时似乎在悄悄走远,走向婆摩吠陀号的一步步似乎也在一步步走远,为瓦西里一家干活的岁月似乎也一点点模糊。约瑟夫向她求欢时,泥沼中小卡门的身体会横亘在他和她之间,两个人之间似乎还下起了雪。

"你听我说,我是个长着白皮肤的黑人,我胸口的伤疤因此而来。"约瑟夫不明白,希奥朵拉的呼吸变得急促,她油蓝的眼眸映出过往的伤痕,她躺在约瑟夫的身上,眼泪滑落他的肩膀,他说:"第二天太阳照常升起,我们活着。阳光给我们生命,也治愈我们,白皮肤黑人的身份是你的资本,受过的伤会把故事讲下去。"

受过的伤会把故事讲下去,道出隐痛与阴暗,希奥朵拉的身体会告诉它该如何说下去。在约瑟夫的房间里,在他"乌托邦与幻灭的围城"里,希奥朵拉发现了他的"藏书阁",以及其中不同语言的各种书籍。书架上仔细摆放着一排记事本。桌上放着一本类似的笔记本。敞开的书页上半页写有清晰而精致的黑色字迹。约瑟夫给她的那本也是同样的外观。希奥朵拉看到一只镶嵌象牙的金属相框及相框上的黑白相片。她凑近了看,照片上一个杂技演员在几米高的高空练习。他介绍说:"这是我的妹妹玛格丽特,她是高空杂技演员。"

约瑟夫与希奥朵拉喝酒看心情,有时喝米酒,有时喝朗姆酒,有时喝茨冈人爱喝的酒——世界各地植物芬芳与花香浓郁的酒。

约瑟夫并不插手她的写作,他任由希奥朵拉写她的故事,任由她提笔、修修改改、一往无前。他任由她油蓝的双眸盈满泪水,他亲吻她的叹息。

希奥朵拉找到了新的词语去描述欧菲拉西亚:"她的笑,仿佛灵魂的跃升,预示着重生,包围她的黑面神惊慌失措的丑态落入我们眼中,而她的歌因为真、因为力量,让黑面神脚下的土地颤抖,而我们饥饿、病态、被奴役的身体终于能够直面眼前的刽子手。欧菲拉西亚短短一曲,足以令我们永恒。欧菲拉西亚曝尸的荒野,总有鸽群飞旋,我想只有我们才能看见。携带武器的人无论如何也不可能看见。"

希奥朵拉的伤口在哭泣,因为想到卡门。卡门的死是一个漫长的过程,长期的饥饿让她逐渐地虚弱。"日子一天一天地过去,一天一天地没有分别。"想到卡门,又想到她的小哥哥那鸿,那个带着刀却没有携带记忆的孩子,他把一个洋娃娃放进她的包里,那是一个瞪大眼睛的瓷娃娃,饰有白色花边,穿一双开心果绿的毛毡鞋。

很久很久之后,希奥朵拉承认:"当我认出工长就是当年那个民兵时,当然他仍然傲慢,但我没有太多情绪,更没有那种出乎意料的错愕,我无法自持是因为我没有办法杀了他。我竟然没办法当着他的下属毁了他。就是在那一刻,我决定拥有一把刀。刺入我腹中的刀刃的滋味必须让他也尝尝。我以为我准备好了,可以不顾代价地付诸行动。但我没有料到他的妻子利维雅,还有孩子……我做不到。"

希奥朵拉忘不了长痘的民兵将她的诗句扔进火海的一幕。"我以为我会疯了。当时我只想死。腹部挨的那一刀不算什么,真正折磨人的是这一幕:认真活下去的所有努力全都化为灰烬。而他却在笑,他竟然笑得出来,在他和同伙犯下那一切之后,他脸上那种心满意足的狞笑始终折磨着我。看着我写下的诗句,他不自然地咧嘴,我知道那让他更加仇恨我们所代表的族群。他是因为读懂了所以故意那样对待我吗?一个茨冈女人竟然会写字,这在他和他的主子看来简直是奇耻大辱。我不知道当时是什么让我稳住了自己,卡门?那鸿?还是某一天再见阿拉丹的奢望?或者欧菲拉西亚幽灵一般的陪伴?我不知道。从我眼睁睁地看着他将一页页诗稿扔进火海的那一刻开始,没有一天我不在思考这个问题。诗稿何罪之有?爱一般一页页无辜的诗句。而他在笑。他不需要对我拳打脚踢,他的笑足够有杀伤力。他为什么不把我杀了?或者像轮奸欧菲拉西亚那样也轮奸我?他的笑就是对我最大的侮辱,他显然知道。"

白天,希奥朵拉在船上走动,却不怎么去约瑟夫的房间。她读书、写字。钢琴声将她过往形形色色的感受倾吐而出时,她就待在沉默厅里。巴巴达格借着音乐邀请希奥朵拉共赴自由之路。巴巴达格的指尖与钢琴互动,缓缓流淌着喜悦与勇敢,让希奥朵拉产生了全新的声色体验。一切的体验,以及焕发的青春都让希奥朵拉有一种重生的感觉。一天夜里,约瑟夫对希奥朵拉说:"如果人能直视大海的广阔,如果人能理解海的永恒,如果人能接受迷失的重重险阻,哪儿还有战事呢?战争解决不了任何问题。"琴声悠扬,希奥朵拉想到了自己的母亲,想到她那本被惯习撕碎的生命之书,想到她营养不良地死去。"如果我的父亲愿意好好地看看她,如果他能够仔细地倾听,只需要他听一听她自己说一说,他会发现身边这个女人有多伟大。我的父亲像送一头牛或者一头母猪一样,把我献给了瓦西里和他全家,仅仅因为瓦西里一家比我们富有,我永远都不可能原谅他。我不怨他在我十五岁的时候把我嫁出去,几乎所有的女孩都在这个年纪出嫁,我只恨他从未正眼看一看真实的我。"

伤口隐隐作痛,希奥朵拉又想到劳改中心。整整六年,事后说起来容易,希奥朵拉尽量简洁地说清楚:"工长后来沦为和我们一样的阶下囚,然后我杀了他。我很清楚,不会有人调查他的死因,蝼蚁间相互残杀难道不是再正常不过的事？监狱阻隔了普遍的法律，监狱里，最弱势的人往往最不人道。我承认是我杀了他，是的，是我杀了他。当时男女关在不同的地方，不可能直接接触。我买通了一个茨冈人，让他帮我杀了工长。工长入狱前，当过一段时间的狱警，他把当民兵时的所作所为又重来了一遍，滥用狱警的权力对这个茨冈人极尽侮辱，仅仅因为他是茨冈人就把所有的仇恨发泄在他身上。他的死丝毫没有缓解我的痛苦，我既不感到悔恨，也无任何内疚之意。他死了，什么都没有改变，他的狞笑，以及无缘无故的仇恨始终折磨着我，而且将永远地折磨下去。这将始终是我人生的隐痛。劳改营就像一个与陆地失联的孤岛，为了让我们与世隔绝，劳改营的一切都在精心的组织与计算内。我们痛苦的呐喊、对自由的渴望，以及抵抗的高歌也同样无法穿透高墙，无法穿越铁丝网以抵达外界。我们的孤离及绝望同样看不见底。太多人倒下了。我坚持了下来，不是渺茫的希望武装了我，而是日复一日生死攸关的抵抗，不屈的抵抗。我的伤口节拍器一般持续地提醒着我，我想要爱，想要活下去。"

希奥朵拉看向舷窗。狂风横扫雨滴，四溅的雨滴慌乱地打在甲板上，仿佛响板的伴奏。她想到母亲那本生命之书，旋风的声响让人想到爱的呻吟，又或者被抛弃时的呜咽。约瑟夫说："我喜欢拥抱风，拥抱风的无形，拥抱我们起伏的心田间风的啜泣。风吹过心田，吹醒我们灵魂的曲调，就连我们的埋怨也因为风的自然而和谐，而你，希奥朵拉，我看得出来，你随风而动，你是风语者。"另一天夜里，希奥朵拉说："我母亲的生命之书饱含风的记忆，呼吸着天空的呼吸，我不会再哭了，约瑟夫，虽然我也会流泪，阳光太刺眼，灼伤了我的双眼，那光芒太反常，太抒情，似乎在祈求，要我不要忽略生活的空隙。"

有时候，希奥朵拉躺在第二层甲板船尾的吊床上。她躺在那里做什么呢？"我躺在那里什么都不做，我在休息，我忘了，我试着忘记娑摩吠陀号前发生的一切，慵懒让我无所事事，写也写不了，但是慵懒让我很放松。那段时间没有任何遗憾，一丝一毫的遗憾都没有。"遥望无尽的天穹与空中变幻的云，希奥朵拉的身心似乎奔赴昨日及今日的热爱。有时，她的眼眸写满悲伤，失去孩子的母亲应该都懂得这份阴阳相隔的痛。想到卡门,希奥朵拉油蓝的双眼瞬间蒙上一层灰,石头般穿不透。

    希奥朵拉听从约瑟夫的建议,请拉亚卡利奥为自己做几件衣服、几条裙子。试衣的过程中,希奥朵拉听拉亚卡利奥说起自己的过往,拉亚卡利奥一般很少吐露自己的心声。但他告诉了希奥朵拉,自己曾经因为莫须有的罪名被判入狱三十年。因为他当时十七岁,才逃过了死刑,他的缝纫技术就是在关押重刑犯的劳改中心学的。后来真正的杀人犯以同样的手法杀死了另一个人,人们才发现抓错了人。"四年三个月零两天后,他们把我放了。真他妈见鬼,这笔账我一辈子都记在脑子里,即便我死了,这笔账也抹不掉。这就是赤裸裸的误判。他们甚至口头上都没有一丁点的歉意,当时他们就这么说的:晚上好,先生,您可以走人了。您还年轻,路还很长,到时候您就忘了。见他的鬼了!"至于后来他如何登上娑摩吠陀号,就希奥朵拉从他那儿听来的描述,应该纯粹就是再普通不过的偶然,"当时我从妓院出来,正巧遇上了楚纳,两个人便聊了起来,我买醉消愁,他是在听我诉苦。我在那儿傻乎乎地唠叨自己的事,楚纳说说笑话,然后他说:'别唉声叹气的了,上我那儿去,那儿可是天堂,到了那儿一切都好了。'然后我就到了娑摩吠陀号,如果我早到一小时或者晚到一小时,如今我又会在哪儿落魄?"

希奥朵拉学唱他家乡的歌谣,那些歌谣欢畅地流经他的河流的陡峭沿岸,有如鸟儿最意味深长的啼鸣。

餐厅门框刻着一行字"拐角预见未来",有一次在餐厅吃饭,当着雅库布和玛尔达的面,约瑟夫告诉希奥朵拉:"两年前我在欧洲西海岸的一个港口城市见过阿拉丹和那鸿,他们在中心广场的台子上演出。演出结束后,我邀请他们上了船。阿拉丹与巴巴达格合奏了一曲,我们欣赏着那鸿的表演,震撼得流下泪来,那鸿的身体以惊心动魄又优雅的方式讲述着他的创伤,以及他整个的人生。他的双臂、他的双手,以及他的双腿在变化的动作中,搅动得空气也闪烁光芒,那鸿以他的恐惧、他的痛苦、他的晕眩讲述着他的故事,将他内心的秘密、他的不安与他的混乱完全地展露在大家面前,我们曾经试着问他,他拒绝回答。他说'我不会解释,但我的身体会告诉人们',他不爱解释，但并不妨碍我们畅饮，畅想未知的前路。阿拉丹和那鸿在一起，让人感觉他俩似乎谁也不能离开谁。第二天，那鸿邀请巴巴达格一起表演，我猜钢琴声给了他新的灵感，有了钢琴的配合，他可以编排新的表演，他的肢体可以有新的写意的表达。阿拉丹、那鸿和我们共度了一周。"希奥朵拉脸色苍白，全身绷紧："为什么今天才告诉我？"雅库布举起酒杯，说："希奥朵拉，大海会改变它固有的节奏吗？"

约瑟夫也说："你的母亲的生命之书不正是车轮转动的节奏吗？"

"每一位母亲都是一本生命之书，"雅库布补了一句，"我的母亲的生命之书是捣槌碾碎木薯叶子、根茎和胡椒的一声声。我想我们该跳舞了。"

每个夜晚,约瑟夫去见希奥朵拉,为了爱她。每个夜晚,希奥朵拉等着约瑟夫,为了爱他。相约的每一晚都在提前说再见。

进了约瑟夫的房间,希奥朵拉指着书架上的一张照片,那张照片挡住了五本书,相片上的一男一女作夏季的打扮,两个年轻人的手交叠在一起,站在一树玫瑰前,玫瑰爬上一面砖墙,花开半面墙。女孩的金发垂落腰间。那张黑白照片有一定年份了,泛黄的边角有磨损。

"你和你的妹妹?"

"不是,但照片上同样是对孪生兄妹。"

约瑟夫起身拿起相片,递给希奥朵拉。

"你看他们,你猜他们多大?"

"二十,二十二……"

"他们自己说是十五岁,没办法证实,因为他们身上没有任何证件,只有这张相片。"

希奥朵拉久久地看着那张相片,久久地沉默,看了又看:"这是真的吗?约瑟夫,告诉我他们是谁。"落日余晖洒在海面,熔浆一样的红为约瑟夫的房间上了色。绝美。

"女孩为自己取名斯特洛佩,男孩叫艾沙特。"

"欧菲拉西亚的两个孩子?"

"我不能确定,但你说起来我觉得像,看情况,有时他们会说起抚养他们的十位或者三十位母亲,除非他们主动说起,否则他们总是顽石般沉默,没有灵魂一般,又像陷入了长眠。"

"你为什么不太愿意提起这张相片?你又不是第一次看这张照片。"

"我见到他们的第一眼就再也无法忘记,但又不知该如何说起。我无法忍受再也见不到你的日子,虽然离别就在眼前。"

约瑟夫倒了两杯米酒。干杯后,他等着她发出开讲的指令。希奥朵拉的手指游走于马鞭草绿的丝质上衣上,勾勒着胸前伤口的轮廓。希奥朵拉闭上双眼,陷落在自己的迷宫中,约瑟夫跟不上她。透过舷窗,约瑟夫凝视着融化的地平线。他点燃一袋烟。寂静的二人世界外,机器轰鸣。他听到希奥朵拉起身又倒了两杯米酒。"说吧,约瑟夫,我做好心理准备了。"

"我们遇见艾沙特和斯特洛佩时,他俩刚上码头。天太冷,一切都停摆了,即便河流也在挣扎,避免冻结。他们登船的头天夜里就吸引了我们的注意,两个人手牵着手,身上穿的就是相片上的那一套夏装。当时他们聚精会神地看着这艘船,似乎看透了船上的生活。他们坚定的目光中透着尖锐,我们既无法直视,又承受不起,仿佛在他们身上看到了我们从未察觉的一部分自我。第二天夜里,埃勒泰尔值班时听到甲板传来脚步声,随后便看到两个稚气未脱的成年人手牵着手走来,没有半点害怕的意思。艾沙特开口说:'我们和你们一起走,我们了解你们,你们不会伤害我们。'他用另一种语言重复了一遍,最后用埃勒泰尔的家乡话又说了一遍。不等埃勒泰尔回答,斯特洛佩安慰他:'你们完全不用担心,在这个国家,大家相互监视,这点我们知道,我们还知道,边界封锁了,而监狱人满为患,但我们知道怎样让自己隐身。'"约瑟夫说着,希奥朵拉全神贯注地听着,眼睛看着黑夜一点一点吞噬海平面浮动的微光。"我从未见过他们那样的美,埃勒泰尔看着他们,仿佛看到了自己惨遭毒杀的孩子,于是将他们迎上了娑摩吠陀号。他们住在你现在住的房间,和我们在一起,直到春天结束。他们仅用了几天的时间就学会了我们每个人的语言,甚至还跟着巴巴达格学会了弹琴。兴致高的时候,他们便六手联弹。他们两人活得无拘无束,没有任何保留。不能用好坏去定义他们,他们是一派天真,任何定义的企图都无异于作践他们。他们说起自己的母亲被三个民兵轮奸的事,为了体验母亲未曾体验的肉体的欢愉及生命力,他们做爱。五个月时间的相处,我们仅仅见过一次他俩的笑容,更不见他们表现出不耐烦、忧伤、焦虑或者烦恼。我们问起什么或者要求什么,他们便定定地看着我们,让我们无法直视。我们所有人都爱他们,甚至远远超过爱,他们离开后,我们陷入了巨大的空虚中。"

"他们说他们要离开?他们怎么表示的?"

希奥朵拉离开舷窗,走向书架,捧起那张相片。

"艾沙特,斯特洛佩,艾沙特,斯特洛佩,你们在哪儿?面对着焚尸炉和乱葬岗,孩子们该怎么活下去?约瑟夫,你继续说。"

"当时我们在波斯湾沿岸的国际海域航行。一天夜里,他们走进控制室,看了一眼地图便说他们的婆摩吠陀号之旅该结束了。两天后的黎明时分,他们离开了。斯特洛佩说:'我们要去哪儿,我们自己也不知道,学过的语言都已忘记,刚学会弹钢琴现在也不会了,我们什么都没有记住,你们爱了我们多久,我们就忘了你们多久,我们不对任何人、事负责,我们不像你们,你们为道德捆缚。'"

约瑟夫的一番话让希奥朵拉隐约地看清自己人生的方向。往后的日子里她还将是一个异族人,一个不受欢迎的女人,一个难民,她将带着自己的根继续流亡,她的肤色将告诉人们她来自何方、她是谁,"但遇见你之前,在我的家乡,我不也是这么活着吗?"

夏热来临。

娑摩吠陀号穿越热带风暴。

温存后,希奥朵拉问约瑟夫,那鸿是否见过那对孪生兄妹的相片。"见过。与艾沙特、斯特洛佩分别三个月后,我们遇见阿拉丹和那鸿,这期间,我们总是说起这对孪生兄妹,以排遣对他们的思念。自从他们离开后,我们的生活仿佛被掏空了,仿佛疯狂爱过又失恋一般。阿拉丹与那鸿上船后的第三天,那鸿上我的房间找我,他仔细地打量屋内的一切。看到照片的那一刻他的目光便停在那上面,他问我:'这是你的孩子?'听到我否定的答案后,他看得更仔细,又问我:'他们是谁?'我当然告诉他我不知道他们是谁,他们说他们叫艾沙特、斯特洛佩,那鸿表现得很生气,仿佛我的回答侮辱了他:'你为什么骗我?'我说的自然是实话,那鸿双手抱头,使劲捂住自己的耳朵,高大却瘦弱的身体不住地打战。我见过血泪滑过人们的脸庞,滴落脚边,但我从未见过这样的场面,我一个字都说不出口,因为我面前的那鸿才是真正痛苦的那一个,连他自己都不发一言。后来,也就是第二天,在他们下船前,我邀请他们上我的房间喝一杯,阿拉丹一个人来了,但他似乎没有留意到那张照片。"

娑摩吠陀号驶入湄公河三角洲。

那个国家因为七年战争一分为二。

解放阵营赶走了法国殖民者,另一方则终结了殖民的历史。成千上万的外国战士守卫着南方,而北方正遭受炮火的袭击。全世界五大洲数以百万的人们站在一起,支持北方人民的抗争,呼吁停止战争。战火摧毁森林,解放战士穿梭于焦炭之间。数千架飞机低空飞行,撒布化学雨,喷射白雾毒害作物稻田,污染河流,让人们染上疾病。侵略者研发了杀伤力更强大的尖端炸弹,上百村庄被夷为平地。工程师们受雇于侵略势力,这些平日里的好父亲、好丈夫研制出玩具大小的小型炸弹,能够瞬间炸飞人的手脚。整个国家经历了多少这样的炸弹。北方的人民穿越防线与南方的人民并肩作战。当然也有手足相残。北方的女人们在村庄大小的避难所诞下孩子,作为持续抗争的后备力量。希奥朵拉敬佩为这个国家出力的女性,她们不惜自身的力量,不惜牺牲自己的孩子、丈夫,驱逐侵略者、他们所谓的胜利,以及他们对这个国家人民的侮辱,那群侵略者根本不知道自己犯下了多么深重的罪行。因为这场战争,数以百万的人死去,十多万人失踪。战后,有人说侵略者因为罪恶感害怕得发疯。人们清点那些因为战争失去手脚、残疾或者被炸弹震聋的孩子。多少年过去,因为战时环境被数以百万升的落叶剂污染,女人们生下的都是畸形的孩子。

全国上下的男男女女都在村子入口处的栏杆或者阳台上挂一面旗子,旗子上赫然写着三个字"为什么"。

希奥朵拉说:"我什么都不带走,包括船上做的裙子,之后和你交往的女人可以穿,这些裙子属于海上的生活。"重新学习写作后写满的本子留给了约瑟夫,"本子里写满了娑摩吠陀号带我们穿越海洋的回忆。本子里写下的一切无法适应我即将开启的陆地生活,陆地的火焰会吞噬它。陆地上充斥着面目狰狞的走卒民兵,以及发号施令的野心勃勃的、庸俗又自恋的官员。"

火热滞留河面,又揉碎了城市。
战争的后遗症随时发作,认命的人鸵鸟般活着。
直升机编队密集飞行,密不透风的飞弹如黑幕蒙住天穹。

万人坑中尽是文字与死去的人。

离开娑摩吠陀号时,希奥朵拉两手空空。除了娑摩吠陀号机器不作声时约瑟夫给她的那本书。"这本书从我爷爷那一辈传到我父亲那一辈,和你一样,经历了两世的生命。我不清楚这本书之于他们的意义,我的父亲死后,我在他的房间里找到了它。离家时我带上了它。这些年来其中几页我反反复复地看了上百次。把它带走吧,你或许就是它的知己。如果它能跟随你开启第四段征途,我感到很安慰。"

打开书,希奥朵拉发现书页间夹着那对孪生兄妹的照片和一封信。

希奥朵拉背着拉亚卡利奥用紫红色厚丝绒缝制的背包,包里装着一个软皮夹。埃勒泰尔料想前路必定坎坷,一定要她收下一大笔钱,才允许她离开。

约瑟夫在酒店里为希奥朵拉预定了一晚的房间。她将搭乘第二天的飞机到欧洲。煮得一手好汤的楚纳同时也是造假高手,他为她伪造了证件。

酒店房间里,希奥朵拉打开了那封信:

希奥朵拉,谢谢你,谢谢这样的你。能够遇见这样的你是我的幸运,谢谢让我遇见你。你要离开去寻找阿拉丹和那鸿了,一路上你又将面临各种糟糕的经历和不确定。你注定成为游隼,你母亲的生命之书的能量始终与你相随。我们离开战火纷飞的国家,战争能有什么用呢?

在爱消退前,我们离开了这个国家。

我将继续我的海上之旅,我会去到世界之南,也会去到世界之北,但在此之前,我会继续沿着赤道,从西走到东。我说过,我爱你,我爱你的身体,爱你的全部,爱你白皮黑人的身份,此刻我想以写信的方式再说一遍。希奥,你将再次开启陆地的生涯,希奥,你知道,陆地不属于我,你的生活里将再也没有我。

如果娑摩吠陀号再到当时我遇见阿拉丹和那鸿的港口,要我去找你吗?

约瑟夫·弗罗尔

希奥朵拉走到码头。她想亲手触摸娑摩吠陀号载着她的友人们远去后留下的空虚。

既非黑人也非白人的希奥朵拉引得众人侧目。

她朝前走去,仿佛走钢索的人。

约瑟夫的离开让她无法思考,巴巴达格的琴声却似乎离开琴身,遥远地走来,栖息在她的身上,音乐就这样纯粹而不可思议地转换成她脚下的每一步。

希奥朵拉失去了重心,她坠入一片茫然中。

冰雨、狂风、冰雹雨、持续的雪、轻风、三伏天气、狂风暴雨、高温……护送希奥朵拉踏上寻找阿拉丹和那鸿的道路。她没有设计任何策略,她做不到,她没有学过。

希奥朵拉在风中重塑自己。

娑摩吠陀号上与约瑟夫温存的最后一夜已经过去二十四季。二十四季躲躲藏藏地活着,不断地穿越边界,心惊胆战地生怕被逮捕,河一般向前又被不断地抛弃。前路不明,或者只有绝路。甚至一连几个月都不知道下一秒会发生什么。但回忆起来,壮阔的群山间眺望的舒畅、海边的宁静,乃至小树林里短暂的喘息都那么美好。

二十四季的执念与艰辛,这期间母亲的生命之书却沉默了。季节频繁的变幻加重了她的心事,总让她意识到约瑟夫不在身边,而糟糕的事情总是说来就来,让人措手不及。在娑摩吠陀号上,没有简单、复杂之分,只有必须要做的事。她不得不承认,接连几周不断累积的焦虑摆在她的面前。下船前她曾经希望约瑟夫和自己一起走,即便只是几个月,甚至只是几周也好,但是约瑟夫不可能这样做。一天又一天过去,约瑟夫当时说的没错,寻找阿拉丹和那鸿似乎成了一个不能免除的义务。

希奥朵拉对约瑟夫的爱很纯粹,两人之间没有任何嫌隙,但约瑟夫是对的,她的内心最强烈的渴望来自陆地的召唤。

跋涉后仍旧跋涉,稍微恢复气力时看约瑟夫给她的书,既不能缓解漂泊的疲惫,也无法带来愉悦。不得不说,那本书没有打开一扇窗,让希奥朵拉有梦可做。唯一令希奥朵拉感到安全的,只有楚纳精心伪造的护照,她像保护圣物一般珍藏着。有了这份证件,任何部门要查验她的身份时,她都已经能够面不改色。埃勒泰尔给她的那笔钱早就花光了。为了活下去,流亡异乡的希奥朵拉做过季节工,做农活,也在学校、医院或者私人家中做勤杂工。为了赚点钱或者找个落脚的地方,她也会和男人睡觉。另外,流浪和乞讨让她坐了几个月的牢,打断了她的寻人之旅,只不过她自己再也没有提起。多少次她怕自己再也无法动身,寻人似乎显得越来越荒唐,似乎注定了是一场空。

想到娑摩吠陀号上的同伴,希奥朵拉踏上一片土地便学习当地的语言。

春天的一个雨天,她到了约瑟夫遇见阿拉丹和那鸿的那个港口城市,这个城市曾是她经年跋涉中唯一的念想。希奥朵拉在这个城市边缘的工人区里租了一间房。她在市场里帮忙来换取食物,经常拜访其他的外族和苦难的过来人,向他们讨教如何避开警察的盘查,顺便也沾沾他们的好运。

希奥朵拉上城里的戏院,结识了当地报社的一些编辑。他们都记得阿拉丹和那鸿,两个人经常在公园或者中央广场的台上卖艺。希奥朵拉找到了一些新闻,文中不乏对阿拉丹和那鸿的溢美之词,就连很多家长和孩子也对那天剧场的演出记忆深刻。其中有三篇新闻说到一个叫作阿西娅的女歌手,赞美她拥有罕见的惊人的嗓音。希奥朵拉了解到几个月前阿拉丹和那鸿已经离开了这座城市。最后,希奥朵拉上港务长办公室询问娑摩吠陀号最近一次抵达的日期,记录的日期与约瑟夫当时说的日期相同。

希奥朵拉下了船离开湄公河时,那个国家的战事已经结束。全世界都知道侵略者输了。希奥朵拉和工人区的友人们欢聚在一起,庆祝这个万众期待的时刻。人们祝贺这个国家的人民以顽强和勇敢战胜了全世界最强大的军事力量。全世界数以百万的人们在不同的地方共享着这一喜悦。和平终于来临,但死亡人数、伤残人数,以及孤儿的人数将是人们心头的一道伤。

人们庆祝所有被压迫的人民都享有自由和尊严。

希奥朵拉很快便接下了港口区一家夫妻店的工作。这是希奥朵拉人生中第一份有固定工资的工作。

希奥朵拉在厨房和用餐区工作,老板预支了她一笔薪水,让她买一条连衣裙、一条半裙和一件衬衣,让她穿得更体面一点,衬得上她的新工作。换下她身上穿的那件三个苏买来的上衣和破旧的裙子。让她再买一双鞋。

去过港务长办公室后,希奥朵拉经常光顾这家叫作"独行骑士"的餐吧。餐馆的墙面贴满照片和演出的海报。第一次走进这家餐吧,阿拉丹和那鸿的照片让希奥朵拉停下了脚步,照片就是在这家餐吧拍的,上面还有阿拉丹的签名。

希奥朵拉没有和餐吧的老板说起照片的事。每天早出晚归,往返于自己的房间和餐吧之间,每次差不多得花一个多小时。院子后面是主楼,主楼后面有一个小套间,一个月后老板娘把小套间腾出来让希奥朵拉住。房租直接从希奥朵拉的薪水里扣。希奥朵拉答应了。

希奥朵拉在餐吧工作了三个月,一天,老板忙着打烊,希奥朵拉便和老板娘聊了起来。她最终指着那张照片说:"照片上面是我的丈夫和我们的儿子。"希奥朵拉重复:"这是我的儿子还有我的丈夫,我一直在找他们。我们分开十五年了。我知道他们曾经来过这座城市。我多想他们现在就在我的身边。自从他们离开家乡后,音讯全无,他们也没有我的任何消息。好好一个家散了,我有责任。我们都想活着,战争结束了,我们想要活下去,继续呼吸。我们想要自由,我们大多数人都想要忘记过去。你明白吗?我们想要像其他人那样活着。我们……"还有什么要补充吗?她又问:"黑面神发起的战争也影响到您和您的丈夫吗?"

"那场战争还过得去,但接下来那场殖民战争,挑拨人与人之间相互憎恶的那场战争,阿尔及利亚战争,夺走了我们的儿子。他才二十一岁。他想当医生。他不该老老实实地应征入伍,永远也不要入伍,他应该像同龄的人一样离开这个国家,逃到国外,放自己一条生路。不得已的长久流亡也好过丢了性命。我们应该劝他,应该逼他走。当时我们就不该那么唯唯诺诺,我们没有留住他。在他那个年纪,为了再也不属于我们的领土而死,谁又能为他正名呢,谁?是那些政客,是那些将军还是上校?谁敢走到我面前来告诉我?我等一个答案等了足足十四年。希奥朵拉,我的伤口一直在滴血。我和我的丈夫,这辈子都不可能好了,我们不服啊。有人说军事天才都不愿意屠杀。我们的将领表面上把和平和安定视为一个既定的目标,因为他们没脸亲口说出'战争'这个词,所以就拼命屠杀揭穿他们虚伪面目的抵抗人士与无辜百姓,让那些毫无经验甚至不知缘由的年轻人去屠杀,用汽油弹轰炸村庄,在数千公顷的土地上散布小型杀伤炸弹。他们采用酷刑作为司法工具。将暴力称作和平的手段,亏他们想得出来!啊,他们一个个意气风发地扛着肩章上闪耀的星,站在国旗上,听着国歌,光明正大地视人民为敌人。做人血买卖的政客总能为战争和屠杀编造各种理由。"

希奥朵拉突然发现,离开约瑟夫后,这还是第一次如此亲密地与人倾谈。"你说的这场战争爆发时,我就在当地,但我什么都不了解。当然后来了解了一些,但很有限。"

希奥朵拉起身,称自己累了,好结束这次对话。老板娘抓住她胳膊:"你的儿子那鸿的肢体语言胜过千言万语,征服了当时在场的所有观众,你的丈夫的手风琴声唤醒了我们人生的所有记忆。没人知道他们从哪儿来,我也从不在意这个问题,生活在瘟疫蔓延的土地上,谁又不想逃呢?现在我知道了,你也来自那片没有尊严的土地。那鸿和阿拉丹来过这个城市,但他们必须频繁地辗转各地演出。他们来了又走了。有时那个叫阿西娅的歌者也跟着他们一起表演,她比那鸿稍大,其他时间都在夜总会和音乐人一起演出。她很野性,歌声像是咆哮,但是总能让听者落泪。我认为她应该也是你的家人。她很受欢迎,到了别的地方照样会很成功。那鸿似乎想让她避开什么,但到底是什么呢?我说不上来她长得好不好看,她无论做什么看上去都很神秘。她不让别人帮她和那鸿、阿拉丹三人合照。我记得有一天晚上,预定全满了,她与阿拉丹和那鸿坐在一桌,旁若无人地对那鸿说:'让我们回到我们的岛吧。'便柔声唱起了歌,像是被她柔美的歌声牵住一般,那鸿起身,他开始活动肢体,但幅度很小,她唱歌,他跳舞,阿西娅没有任何肢体动作,全身仅嘴唇开合,呼吸、吐词。他们在即兴表演。一首歌的时间,那鸿的肢体贴合阿西娅的声音,他在笑,她附和……我无法形容那笑容。但那一晚,我似乎更理解了你们家乡的悲苦。"

"我们没有自己的土地,自然没有栅栏阻止伤害我们的人。收容我们的土地上,我们也只是停留得久一点的过客。"

"希奥朵拉,我接下来要说的话不是要冒犯你。他们的第一场演出,我看了几次,几乎每一次都没人鼓掌,因为台下所有观众都惊呆了,他们完全没有料到或者猜到演出在那个时刻结束,台上的阿拉丹和那鸿向观众致谢,演出的一切都是他们即兴的创作,那鸿视每一次演出现场的状况决定表演内容。你看到那鸿和阿拉丹的相片时的错愕眼神,我和我的丈夫一眼就看出来了:你和那张照片有渊源。出于谨慎,我们什么都没有说。是的,希奥朵拉,那鸿和阿拉丹在这座城市居住期间,每天中午和晚上都在这里用餐,不过有几天他们是在船上度过的。说起来也有意思,那鸿很招姑娘们喜欢。忧郁的男人有一种独特的魅力,那鸿自己肯定也意识到了这一点。我们的女儿不可避免地疯狂地爱上了他,她才十七岁。但那鸿更需要孤独与自由,而且需要更彻底的孤独与自由。可是如何才算彻底的孤独与自由呢?当然,他已经有了阿西娅。那鸿很少说话,几乎不怎么开口。我们问他什么,他便指着阿拉丹,让我们问阿拉丹。我记得有一次,阿拉丹说起一个名叫希奥的女人,他说:'我的手风琴在召唤希奥,希望希奥听到它的发声,除此之外,再无别的声音。'这是他的原话。那鸿只是简单说了一句:'的确如此。'到了晚上,阿拉丹总是在同一张饭桌上吃饭,那张桌子就在门边,快速用完餐后,他便用醉人的琴声伴我们直到半夜。大家跳起舞来,那鸿和阿西娅共舞,寻思着到了早班的时间,大伙儿便纷纷起身上班去了。"希奥朵拉垂

下脑袋,仿佛远在天边的幸福已经落到她肩上。老板娘说:

"你就是希奥吧。你是偶然经过这座城市吗?"

"不。有人告诉我在这里遇见过阿拉丹和那鸿。但那已经过去很久了。我一直有一个目标,始终以此为希望,即便它听起来像个疯狂的白日梦。到目前为止,我只不过走了自己计划的一小部分,非常小的一部分。"

"来喝点东西。"老板娘起身端来两杯酒。

"那鸿是你的儿子? 他长得既不像你,也不像阿拉丹。"

"那鸿不是我生的,但他和亲生的没有区别。那鸿明白的。都怪那场战争,对于我们这样的人来说,那场战争太过残酷。他没有选择我作为母亲,而是他出现在我面前,然后我们成了母子。在那个时候,只要是女人,都可以做他母亲。"

"你想知道那鸿是怎样走到今天的吗?"老希奥朵拉

问躺在身边的小女孩。"他和阿拉丹的演出非常成功。报纸上有很多关于他们的报道。那鸿很有女人缘,他有过很多女人,但是从未和谁一起生活。他谁也不爱吗?他不想要孩子。我不管他和谁发生关系,我只知道他爱阿西娅。我都是从阿拉丹那儿听来的,要是我没有记错的话,我可以在没有当事人的情况下,把我知道的关于他的过去全都告诉你,虽然不完全准确。阿拉丹说过,那鸿能够遇见约瑟夫及娑摩吠陀号上的朋友们,是一次独特而珍贵的经历。和巴巴达格的二重奏,后来那鸿和其他音乐人又上演了多次。那鸿似乎认为没必要提及自己的童年、青年,自己根本不值一提,但是他对于别人的生活似乎总是充满好奇。娑摩吠陀号充分满足了他的好奇心。我觉得他比我更了解雅库布、楚纳、拉亚卡利奥、巴巴达格和格查尔科塔尔。他能让他们侃侃而谈,他一边听一边整页整页地记录下来。与他们相处,听他们讲述,和他们一起生活几天后,那鸿想到了一个点子:为孩子们表演。除了阿拉丹,那鸿又召集了一些音乐人朋友、杂技团的朋友,一起前往冲突的地区,接触各种强征暴敛下的受害者,尽力逗那些生活在仇恨横行、滥杀无辜的土地上的孩子们开心,让他们绽放笑容。"

小女孩又睡着了。老希奥朵拉笑了:"你一定想知道那鸿是否和阿拉丹说起那对孪生兄妹的相片。是吧?我这就告诉你。他告诉阿拉丹了。他的描述很精彩,也很完整,阿拉丹仿佛目睹了一般。那鸿将艾沙特他们的故事纳入表演中,他把艾沙特和斯特洛佩称作自己的兄妹,他们三人都诞生于乱世,他们这一代人因为那些听不进任何旋律只想掌权的弄权者失去了太多,那些弄权的人从来只会操纵律法,引入越来越多的法律,以空洞的安全之名限制人们的自由。"

老太太睡着了。小女孩均匀而平和的呼吸勾起了她的睡意。

一个胡子拉碴的男人脚穿凉鞋,穿一条亮色织布长裤、绿色尼龙夹克和黑衬衣,推开"独行骑士"餐吧的门。这个动作很熟悉。那是个夏日的夜晚,当晚走道改作露台,他站在上面,漫不经心地向在座的人挥手致意。大家认识他,但他疲惫的眼神及冷漠的问候却令人陌生。他在靠门的餐桌坐下,背向吧台。他从夹克里边的口袋里掏出一瓶白酒,对着瓶嘴喝。老板娘走过去,认出了他,他却没留意,点燃了一根烟。他闭上眼睛,浑身透着载不动的忧伤。老板娘走进厨房告诉希奥朵拉。

"阿拉丹来了,只有他一个人。"

"我看见他进来了,告诉他我在这里。让他到我房间找我,我在那里等他。"

阿拉丹和衣躺在床上,将这些年来与那鸿、阿西娅一起的经历告诉了希奥朵拉。这么多年的起起伏伏他都一一记得,他说起那鸿如何引导观众去发问"为什么?","为什么"这个问题让他吞下了多少泪,又多少次趋避它所投下的阴影,而磨砺了时光。

一整夜说不完的话、叹不完的气和笑。希奥朵拉与阿拉丹和衣躺在床上,手牵着手。"希奥,我什么都不想忘记,我希望什么都不要忘记,我们还有一个孩子,她叫阿西娅,虽然她现在不在。"希奥朵拉听着,阿拉丹悦耳的声音紧紧地将她包围,亲密得让她窒息。阿拉丹哭了,他没办法说出那场灾难:光线上升时那鸿的灵魂似乎永远地睡去了。

一天夜里,餐馆老板、老板娘和希奥朵拉坐在门口那张桌,阿拉丹邀请老板一家陪着希奥朵拉听完他即将展开的叙述。阿拉丹解释了原因:"那鸿爱你们。"阿拉丹面前摆着一瓶酒和四只酒杯,一只烟灰缸和一包烟。等到餐馆打烊,阿拉丹让老板娘关了灯,用餐区所有的灯光都熄灭了,"外面街道上的霓虹足够了。"他还让他们关了音乐。

事发当天,阿拉丹和那鸿刚结束在一所学校的演出,那所学校位于约旦河西岸的一座城市,当时约旦河西岸已经被占领,学校周遭全是断壁残垣。依然坚挺的墙壁也被子弹打成了筛子。学校的墙壁,以及旁边医院的外墙也不能幸免。演出期间甚至还听到了附近传来的枪声。那鸿并不想演出受到影响,虽然他第一时间就意识到,围坐地上的孩子们受到了惊吓。他看着孩子们身体僵直,惊慌的眼神飘忽不定。耳畔传来救护车的声音。

阿拉丹和那鸿穿过碎石瓦砾遍布的操场时,不远处仍在开火。枪林弹雨中女人们痛哭、嘶喊。前前后后都是孩子。墙后也躲着一些女人。

一个女人双手指向天空,张着嘴,说不出话。阿拉丹和那鸿走到学校围栏那儿,看见一个躺在血泊中的小女孩。一颗子弹射穿了她的额头。那鸿走到她身边,跪下来,仔细地抚摸她的长发,他的手指穿过她细细的黑发。站在他身后的阿拉丹拉起了手风琴。一个士兵借着喇叭筒朝他们喊话,让他们离开,放下尸体,那是军队的战利品。那鸿不听。他继续抚摸小女孩柔顺的长发,然后双手落到孩子的后背,将她扶起来。他扶正她瘦长的身体,手风琴声始终伴随着他,陪着他。士兵重复了一遍命令后,另一个士兵又大喊了一遍。那鸿朝着谩骂的士兵走去,刻意放缓了速度,他继续向前,怀里小女孩的遗体仿佛祭品。他的脚步轻轻掠过瓦砾、混凝土断面的地面。手风琴声不停,重复着一个曲调,希望借此缓和痛苦的冲击。士兵们步步后退,显得失控。手风琴声为那鸿开路。毕竟是训练有素的士兵,很快便重新部署,将阿拉丹和那鸿围困。这队人马统一着土黄色制服,包抄了一堵横穿橄榄园并且将村庄一分为二的混凝土墙。那鸿停下,看着每一个手持自动步枪、穿防弹背心、戴头盔的军人,看着每一个践踏先祖智慧的年轻人。那鸿看着他们,流下泪来,眼泪与怀中小女孩的鲜血混合在一起。那鸿抚摸着女孩额头的伤口,忽然爆发一声嘶吼,那应该是他的母语,他说:"为什么。"那鸿让每一个士兵亲眼看看小女孩。他再一次跪下,将女孩的遗体置于指挥官一类人的面前,士兵们听到那鸿迸发一声大笑,随后便看着他的身体僵直而且肿胀,最终无力地倒下了。在自毁前,那鸿想起了欧菲拉西亚最后唱的那首歌,惨无人道的深渊中,那首歌光明一般吸引着人们看向前。后来有人说,在彻底迷狂并失去一切记忆前,那鸿断断续续地呢喃着,人们听到两个词"童年""谋杀",然后他再也无法言语。

手风琴慢慢地、不知不觉地靠近那鸿断折的身体。这一次,换作阿拉丹看着每一个士兵,在场的人一听就明白了,这是悼念死者的歌。一个年轻的士兵扔掉步枪,踩了一脚后又卸下防弹背心和头盔,脱下挂有左轮手枪的皮带。他脱下土黄色制服,他走上前,代替那鸿,跪下,扶正女孩的身体，亲吻女孩的眼睛。他慢慢地走到士兵对面唯一的一个女人面前，将女孩交给她，这个吃惊地张开嘴的女人是女孩的母亲。这名士兵用她的母语请求她原谅，然后他扶着那鸿站起来。那鸿失智的样子让所有人自觉地让出一条通道，那鸿步履蹒跚，搀扶他的年轻士兵也步履维艰。手风琴声停了。阿拉丹从年轻士兵手中接过那鸿。阿拉丹扶着那鸿走远，将士兵及女孩抛在身后。

那名年轻的士兵有条不紊地收拾好自己的东西，扔进吉普车的后座。"一切都结束了，我要回家了，我要成为拒绝无耻命令的一员。包括我在内的人，我们过去到现在犯下的罪孽永远无法洗清，仅仅是出于仇恨而屠杀。这个小女孩能对我们造成什么威胁？她辱没我们了还是拿着武器对准我们了？难道她包里装着手榴弹？什么都不是，她仅仅是放学拿着作业本的孩子。她和我还在读书的妹妹有什么分别，她的母亲来接她放学，说不定当时她正哼着歌，着急回家帮妈妈做饭或者做作业，争取晚上前做好。说不定她还在设想晚上的杂技表演，我们却杀了她。我杀了她，她却唤醒了我的灵魂，她和孩子们睡在无边的黑暗里,在那无边的黑暗里,我们的孩子和敌人的孩子躺在一起,没有分别,没有谁优于谁。"他看向和他并肩作战又建立了深厚战友情的兄弟,作别这段岁月后他的双眼如点亮一般,他说:"我也想像那个小丑一样问一句为什么,我已经有了答案:我们应该为自己感到羞耻,我为我自己感到羞耻,那些训练我们仇恨、让我们远离父母生命之诗、让我们丧失耻辱心并扭曲我们灵魂的每一个人都可耻。我们是怎么走到这一步的?我又是如何沦落到如此境地的?我再也不愿视敌人为牲口了,从前的我不过是一个不会思考的听令机器。我们不愿意看清现实,甚至在现实与自我之间刻意竖起了一堵沉默之墙。我们让人们时刻活在恐惧之中,因为我们拥有绝对的力量,却又同时丧失了人性和思考。一入伍我们就利用并且享受权力。我们所受的教育就是恐吓敌人。我不会再有敌人。最尖端的武器也比不上小丑刚才的眼泪,那才是真正的威慑力。他泪流满面的时刻,唤醒了我体内一直以来的抗拒,以及这身戎装禁止的思考。我感激他。再见,长官,我再也不会这样叫你。这个国家所谓的正义对于那些睁开眼睛充满期待的人来说无异于酷刑,我要承担起自己的责任,在那之前,我要回到我的母亲的身边,我要亲口告诉她我们犯下的罪孽,向她坦承我的罪孽,我还要告诉她唤醒我灵魂的花一般的女孩,告诉她她的纯洁。因为我的母亲一定懂得,她会和我一样为罪恶感到羞耻。长官,我想对您说,如果还不算太晚的话,'睁开眼睛看看吧。'"

年轻的士兵走时只带着一颗赤子之心。

讲述时,阿拉丹的眼神始终没有离开坐在对面的希奥朵拉。讲述时他的声音并没有波动,因为为了这一刻他已经准备了很久。每一个细节他都记得清清楚楚。一字一句像无数寒冰刺痛她的肌肤。

这个无尽的夏日夜晚,希奥朵拉感到彻骨的寒冷。沉默浸入四个人的心灵,他们全都攥紧了拳头。酒瓶空了。半包烟没了。希奥朵拉的眼眶盈满泪水。老板娘也为那鸿落泪,不由自主地抓紧了希奥朵拉的胳膊。希奥朵拉拉起她的手,紧紧地握住。

希奥朵拉、阿拉丹和老板一家试着从那鸿声嘶力竭的画面中走出来。

"那鸿在哪儿?"

"他在很远的地方,在一家专门的医院。我们没有选择,我实在没有办法。"

"那天你来的时候……"

"我刚从那鸿那儿离开,十三个月来我们一直在一起,我想回到海边,休息一会儿。那场灾难前,那鸿也想再次回到这里。"

"你没带手风琴?"

"我把它留在那鸿的房间里。我再也不拉手风琴了,除非为了他,即便他不听。我已经遗失了我的手风琴,希奥朵拉。在那个橄榄树生活了三个世纪之久的国家,在群山之间舒展雄伟枝芽的雪松之下,在人人自危的地方,在那鸿失去记忆的那一刻,我遗失了我的手风琴。"

新的一天,太阳升起,一夜的讲述后,大家决定休息一会儿。这一天清早,"独行骑士"唯一一次没有营业。

几天后，那鸿的遭遇传遍了整个城市。偶尔会有顾客上门，希望获得更多的信息，但老板和老板娘没有满足他们的好奇心，谁都不愿多说什么。希奥朵拉和那鸿始终待在后院的房间里。这一次轮到希奥朵拉讲述她的过往，包括娑摩吠陀号上的经历。当地报纸的头版新闻里报道了那鸿的事件，感叹他过于短暂的舞蹈生涯，还配上了当时精彩绝伦的演出图片。人们的惋惜与赞扬再次唤醒了希奥朵拉的痛苦：她永远无法看到那鸿的演出，一次都不可能了。

一天，"独行骑士"刚开门营业，一个女人推门而入，拥抱了老板娘。

"你知道上哪儿能找到阿拉丹吗？"

"我去找他。"

阿拉丹和阿西娅久久地拥抱。没有人说一句话。在场的所有人都放低了声音。阿拉丹放开阿西娅，说："我向你介绍希奥朵拉。"然后转向希奥朵拉，"这就是阿西娅。"两个女人相视而笑，拥抱在一起。希奥朵拉说："阿拉丹都跟我说了。"他们走到一张桌子前坐下。

"报纸上说的都是真的吗?"阿西娅问。

"那不重要,不管写了什么,那鸿看不到的,但有一点是肯定的,你无法接近那鸿了,你可以和我们生活在一起。"

"我不会去的,阿拉丹,我不愿意看到他那个样子。"

阿西娅看着希奥朵拉,"我终于见到你了,希奥,那鸿的希奥。欧菲拉西亚行刑的那一刻,他伸出手想要依靠的希奥,流着血泪的希奥。如果报纸上写的或者人们说的都是真的,我已经想好该怎么做了。我要回家了。我想我有自己想做的事情。现在我有钱了,我和阿拉丹、那鸿一起赚了点钱,跟着其他音乐人又赚了一大笔。我要回去,歌唱我们的河流,为我们的河流舞蹈,治愈我的爷爷受伤的心灵。"

阿西娅点燃一根烟。她看着希奥朵拉,希奥朵拉也看着她。

"阿拉丹,你一个人还要继续演出吗?"

"手风琴是孤儿。阿西娅,手风琴再也无法发声了。"

"报纸上没写。"

"写了有什么用呢? 没有那鸿,我的手指就废了。如果你想听,只能到那鸿房间里听。"

"新的鸟岛?"

"那鸿和我……"希奥朵拉很诧异。

"那鸿不让我陷入河流的泥沙里,希奥,那是我和那鸿的河。因为那座岛,我看到了他的身体,他的身体能够书写大地。他的身体写尽了欧菲拉西亚一生的故事。"

阿拉丹也感叹,"他的身体像芦苇,有一种迷人的和谐之美,但是如今沉重得像一摊烂泥,最重要的是,他的身体再也无法表达。即便医生不说,我也看得出来,身心的疼痛压垮了他。我不相信他不痛苦,我不相信他仅仅只是因为空虚,他所遭受的折磨超乎我的想象,我没有经历过,也不知道该怎么去形容。"

"您了解那鸿的童年吗?"

希奥朵拉也很无奈:"一无所知。当时我和卡门在一起,我们遇见那鸿的时候他已经失去了记忆,阿拉丹可以证实。我们什么都不知道。"

"你们的白人孩子,我的白人爱人啊……"

阿西娅一手搭在希奥朵拉的胳膊上,一手搭在阿拉丹的胳膊上。

阿西娅与希奥朵拉、阿拉丹告别："我要走了,满月的金黄或者银白是我唯一的衣裳。"

老希奥朵拉告诉小女孩："出了那件事后，那鸿在医院昏迷了几个星期，醒来后谁都不认识，然后就这样过了将近二十年。我去看他的时候，他虽然看着我，但是没有任何反应。像是落入旋涡星系一般，已经离开了这个世界。我和他说起他和我、卡门在一起的时候，那时候他和卡门都还小，说起集中营、集中营里饿肚子的日子，说起没有他在身边我一个人是怎么过来的，他还是没有任何反应，他眼中空空荡荡，我说不出来那种感觉。无论是我、阿拉丹，还是他的朋友，对他而言都什么也不是。阿拉丹演奏原来表演的曲目仍旧没有生疏，但始终无法打开那鸿回忆的门。我们让他看本子上他自己的笔记和草图也不起作用。那鸿回不来了。那鸿已经彻底失语了。阿西娅不去看他是对的。医生也无法解释他为什么失忆了那么久，各种方法都试过了，各种新的技术、疗法全都试了一遍，一点用也没有。现在的他还是他吗？没有人确定，更没有人证实。或者他活在了过去？但他又回到了童年的哪个阶段？"此时小女孩眼眸里的痛苦似曾相识。但到底在哪儿见过？

"那鸿原本瘦长的身体后来像米其林的轮胎人一样，

沉重又臃肿。但是这些我好像都说过了。我得注意不要再重复。我接着说，看着他的双眼就像看着他空空荡荡的大脑一般。稍微动一下他就会流汗，他不得不随时擦脸。他自创了一套语言，能够和斑鸠、麻雀之类的鸟儿交流。他可以到医院周边的公园走走。走到一棵卡累利亚柳树前便坐下歇息。夏夜他就在这棵树下度过，没有任何情绪，暴风雨来临或者病患尖叫的时刻他会有反应，或者更茫然，或者跟着大声尖叫，好像那种旋转着嘎嘎叫的玩具。"

小女孩抱住老希奥朵拉：
"那鸿会好起来的。"
老太太笑了。
"你现在不也看得见了嘛。"
"梦里我看得见很多，什么都看得清清楚楚。但我无法描述，因为我自己也不理解。有的梦让我害怕。"

小女孩靠着老希奥朵拉的肩膀又睡着了。

五十六个季节的转换,希奥朵拉看到一则新闻报道,一条刚改名为"万河希奥"的船失事了。夏至那天,"万河希奥"在极北的海域撞上悬崖,最后在午夜的光芒中沉没了。船长约瑟夫·弗罗尔和两名船员在事故中丧生。这则杂闻之所以引发如此多报刊和电台的讨论,不仅因为船长本身航海经验极其丰富,还因为事故发生时并没有出现任何特殊的状况。很快调查就有了结论,排除了意外事故的可能,偏向于设计好的沉船事件,因为事发后船上没有发出任何遇险的信号,而且无线电报系统也属于人为破坏。

水手玛尔达接受了一个记者的访问,这个记者所属的报纸发行量很大。

希奥朵拉读到了这篇报道:

> 作为娑摩吠陀号的机械师,我与约瑟夫船长共事多年,船只失事前几个月他得知自己患了重病需要住院治疗和重症监护,而且不知治疗期限。医生

支支吾吾,也无法预料短期内病情会怎样发展,船长拒绝入院治疗,因为那会让他再也见不到大海。无论如何他也无法想象自己死在医院的病床上,当时伊拉克战争的悲剧对他产生了很大的影响,无疑加速了他自杀的决心。

炮火和炸弹淹没了伊拉克,坦克和推土机强攻猛进,荒沙坑地将成千上万手无寸铁的战士埋葬。罪恶的战争爆发前,侵略者联盟的空军试验了新的大规模毁灭性武器,这些所谓的"智能"武器本应精准打击既定的目标,对平民百姓的连带危害本应该降至最低。但第一时间无辜的伤亡人数已经触目惊心。我们从未见过船长如此彻底地绝望。他把自己关在房里,始终在追踪最新的战况。娑摩吠陀号当时停靠在希腊的一个港口。我们度过了一个特别美丽的春天。想到自身的疾病,以及战争——以子虚乌有的借口发起的战争,船长将我们所有人召集在顶层甲板上,并准备了红酒和啤酒,他打断了我们的谈话,告知我们他想结束这一切。他又说起北极星掌管死亡,尽管他的语调一如既往地坚定,但给人感觉一字一句都在加速他的衰老。他请求我们同意为船改名"万河希奥",他希望所有人最后一次集体表决。楚纳问他"万河希奥"是什么意思,他回答说:"所有河流的前路不都是海洋吗?所有希奥一样的人不都向往河流吗?"当晚,水手拉亚卡利奥在船身涂写上新的船名。两名船员主动地提出来要追随他,一个是钢琴手巴巴达格,另一个是热衷语言的埃勒泰尔。我没办法解释他们这样做的原因,因为他们自己没有多说一句。不过,大体可以猜测巴巴达格的想法:疼痛逐渐地超出了他的承受范围,疼痛在啃噬他的双手,他的一双手再也无法表达自己,那双手曾多少次引导着音乐超越极限。几个月来,步入沉默厅,水手巴巴达格的双眼始终无法离开那架钢琴,像站在床边俯视着一位垂死的友人。至于水手埃勒泰尔,我仍然只能猜测,他的大笔财富支撑我们挺过了那么多年,似乎已经到头了,因此,娑摩吷陀号或者他自己都没有理由再存在下去了。为了避免误会,我必须指出,约瑟夫·弗罗尔当场就拒绝了他们,他不愿意像是带人殉教一般,用他的话来说,他更愿意做那个清醒的人。但巴巴达格和埃勒泰尔心意已决,最终打消了他的顾虑。我们又在娑摩吠陀号上待了三天。从我们离开他们到船沉没的那一刻,过去了将近两个月。

希奥朵拉将采访原文反复地看了又看,沉痛似乎已经写进了她的身体,尤其想到自己从未好好地记住自己海上的每一日。文章中约瑟夫·弗罗尔的照片又让她重温了两人之间的爱,而不是他的死讯。原本她会将这份爱藏在心底,从中汲取生活下去的力量,她甚至会对阿拉丹说起曾经的这份爱。想到他,她会在心里与他对话:"是的,约瑟夫,你的书成了我的知己。我听你的话,经常地反复地读它。"她还会说:"我这一生有太多人提前走了。"

在第二篇采访中,水手玛尔达的兄弟押沙龙提供了更多细节。两兄弟当时住在南美洲。"下定决心后,我们船长恢复了原有的平静,也愿意像原来那样亲近我们,我们谈了很多次,下了很多功夫费了好大劲才救下他的众多航海日志,因为他曾经对自己说不为陆地留下任何东西。这些日志确实属于约瑟夫·弗罗尔,但我们认为,这些日志同样属于与他出生入死、在沮丧与绝望中抱持希望的时刻与他同悲喜的人,他如果不要,可以留给我们,或者说就为了我们一起狂热过一起自嘲过,不要毁了这一切的记录,否则我们会有一种被背叛的感觉。日志中记载了四十年间的观察、引用和警句,一家出版社可能会在几个星期后出版它。我们还发现了一本尚未完成的日志,这本日志应该属于一位名叫希奥朵拉的乘客,在娑摩吠陀号上时她和约瑟夫·弗罗尔在一起。我记得那个女人,想到她,我感到很幸福,简单地说就是,即便她离开了,但她永远和我们在一起。日志封面有我们船长的亲笔题字'万河希奥的日志(纪念她在娑摩吠陀号的 2117 天)'。船长同意将他的一千册藏书捐给公共图书馆和学校。他自己只留了一本。他说:'我离不开这本书。'但是没有多做解释。水手巴巴达格将自己的数百本乐谱托付给水手雅库布,希望他将这些乐谱送给音乐学院,供学生使用。他同样为自己留了一本乐谱,但并非像约瑟夫·弗罗尔那样,而是出于个人需要。水手埃勒泰尔也放弃了自己的研究。他将日志和记录全都放在一只箱子里，交给我们保存。他自己什么都没留。哪怕一句话也没有留给自己。接下来就是重点了，我要说到分别了。娑摩吠陀号上最后一天，夜幕降临，一台起重机将水手巴巴达格的钢琴吊起，然后放在码头上，水手巴巴达格哭了起来。其实他早就决定离开这个不可替代的好伙伴，他不能让他的钢琴跟着他一起毁灭。钢琴牢牢地固定在一块用钢架加固的厚木板上。巴巴达格坐下，似乎准备好了演奏一曲，手指触摸着琴键。起重机操作员小心翼翼地操作着机器。钢琴缓缓地上升，缓缓地降下，同一时间水手巴巴达格落座脚凳，水手楚纳就站在他的身旁，手里拿着一瓶啤酒，唱着一首情歌。码头工人以为有演出，便欢呼起来。夜幕降临，尽管有手疾，巴巴达格还是为码头工人及在场的水手们贡献了最后一场演出。起重机的前灯照亮了钢琴，巴巴达格穿着一件深红丝绸衬衣，外加未漂白的亚麻西装。他为我们演奏了四个小时，四个小时汇成一支歌向世界告别，音符走过康庄大道，也步入人生崎岖，走过微不足道。是啊，该如何解释呢，他的手在音符的流淌间找回它一如往昔的灵敏、骄傲与轻盈。他的脸上流露出无法言状的灵魂之苦。不同的人在他的音乐中读出不同的情绪,穿越海洋、沐浴月光又穿街走巷的音乐里有欢笑也有泪水,既控诉着完全应该避免的战争,又渴望着和平,既包裹着爱又浸透了孤独。水手埃勒泰尔没有陪我们上岸,他听着楚纳的歌声,靠在娑摩吠陀号的船舷上。巴巴达格的演奏让周遭宁静得醉人,难以捕捉的声音竟组成了不可置信的美妙和弦。神秘的音乐让我们着迷,我们的钢琴家朋友浑身笼罩着优雅的气息。该怎么描述那场面呢?酒吧里男人邀请女人共舞,大家畅快地喝着。巴巴达格催眠了我们。巴巴达格用爱、激情与狂乱激活了钢琴。弗罗尔船长穿梭于跳舞的人和观众之间,手肘支在钢琴边,头枕在音板上。人群中各有各的孤独,仿佛荒漠连着荒漠。当巴巴达格弹奏最后几个音符,我们知道一切都要结束了。他的手瞬间失去控制一般垂落。每个人都能看到他整个身心的疼痛。他用尽全力地合上琴盖,与他的钢琴诀别,那么地依依不舍,像是为逝去的心爱女人合上眼睛。接着他起身,仅此而已。他重新登上娑摩吠陀号,没有看我们一眼,因为在此之前他已经离开了我们。水手埃勒泰尔拥抱他。我们一起听着彼此的呼吸、哽咽、流泪。我们不知所措,犹豫不决,不受控制一般茫然。码头工人、水手和女人们纷纷离开,不敢打扰音乐的余音,音乐似乎无限期地缭绕在亦真亦幻的氛围中。约瑟夫·弗罗尔,我们的船长,过了很长时间才缓过神。水手雅库布听到他念叨'希奥朵拉'。当我们的朋友约瑟夫·弗罗尔走到我们面前时,他的双眼蒙上了厚厚的白雾。他摇摇晃晃,步履蹒跚,一步一步走到巴巴达格和埃勒泰尔的身边。我们所有人在我们共同的船上度过了最后一夜。那是音乐之夜、酒精之夜,以及爱的夜晚,一个充满歌声、酒精和爱的夜晚,不知谁邀请了共舞的女人上了船。"

阿拉丹读到这些文章后,心里已经明白希奥朵拉与约瑟夫深爱着彼此,他为希奥朵拉曾经深爱过而高兴。一周后,他回到自己的家乡,要收回前政权没收的一些财产,还需要敲定最后的细节。他本人必须亲自到场,很多人也这样告诉他。

阿拉丹带着心事踏上旅程。

读完这两篇文章后,希奥朵拉迫切地想要再次见到曾经的伙伴,和他们聊一聊。她写了信,也打了电话,仿佛一个少女般冲动,又有记者为她奔走,尽管她拒绝吐露自己的心迹。

淘汰了多少不实消息,经历了多少失望,希奥朵拉千辛万苦终于找到了水手雅库布,这时的雅库布已经成为一艘运输沙子、砾石和水泥的驳船的船长。希奥朵拉果断地接受水手的邀请,登上了驳船。

在宽敞明亮的摆着红木家具的房间里,希奥朵拉和雅库布紧紧地拥抱,久久地无法言语。房间的一面墙上覆盖着五个大洲的地图,每张地图上的深蓝色都标注着河流。希奥朵拉仔细地端详着娑摩吠陀号同伴的合照。雅库布让希奥朵拉坐到长凳上。他准备了茉莉花茶。

希奥朵拉说:"我把新闻报道都带来了,你先看,然后我们再谈。"

仔细地翻阅时,雅库布不禁皱起了眉头。

"一字不差。"

"我很高兴再见到你,雅库布。这么多年过去了。"

"多少年了？"

"这不重要，我们都老了。"

雅库布为希奥朵拉斟茶，接着给自己倒了一杯啤酒。

"我们的朋友都好吗？"

"知道约瑟夫·弗罗尔船长的病情后不久，大家就散了，这也在意料之中。对不起，我还是忍不住叫他船长。散伙后每个人都有了自己的生活。水手埃勒泰尔把自己剩下的财产分给我们，我们各自都能比较宽裕地重新开始。只有水手格查尔科塔尔选择回乡，在经历了三十年地狱般的独裁统治后他的家乡已经重获安宁。他想再看看自己的姐姐，再次呼吸着迎接他来到这人世的山野气息。故乡的呼唤盖过所有的欲望。而且正像我常说的那样，有的人总会回到他们生命的起点，无论留下或者离开，就像海龟穿洋过海回到自己的出生地产卵，然后再潜入深海。你呢，希奥朵拉，你想回家吗？"

"回去做什么？"

"或许有一天，我会在一条河上遇到我的朋友格查尔科塔尔，他往上游走，我往下游，或者反过来。这样想着我就会很兴奋。玛尔达和押沙龙两兄弟在一艘集装箱船上干活,但第一次中途停靠时他俩便下了船,因为无法适应船上的纪律。多年来娑摩吠陀号上大家同甘共苦,不分等级而且自由自在,经历过这一切又如何适应常规的秩序?制汤大师水手楚纳开了一家小餐馆,只供应汤,他的嬉笑怒骂总能逗乐进店的顾客。"

雅库布走到一个柜子前,取出一个棕色的信封,略显不自然地将它递给希奥朵拉,希奥朵拉惊讶地看着信封,那是她海上生活的记录。

"怎么会这样?"

"和你通过电话后,我从出版商那里要来了你的日志,那家出版商有约瑟夫·弗罗尔船长的所有日志。我想你会喜欢。"

"我不想要。"

"我错了吗,希奥朵拉?我可以保证:没有人打开过。没有人。"

希奥朵拉把日志放在桌上。这次轮到她起身。她从房间出来,站在甲板上,凝视着码头、起重机和停靠的驳船,看着水手们工作。一股春风从内陆吹来。雅库布走近希奥朵拉。他将手搭在她肩上。

"把它带走。"

"我不愿意怀旧。我年纪大了。"

"把你的日志带走,希奥朵拉,你来决定它的去留。"

"这一切都结束了。很久以前就结束了。谢谢你这么用心。"

"你为什么想见我?"

希奥朵拉仍然凝视着眼前的风景,久久地。她说:"河上的风散发着久违的无与伦比的味道,承诺的味道。"

"也像在揭示着什么。"

"河流不比海洋,没有那么澎湃,而是克制地涌动。河流也必须学会顺从,这需要小心翼翼,也需要尊重。你想知道什么,希奥朵拉?"

"说起来我的想法太愚蠢。我来是想问问你,娑摩吠陀号是否曾经停靠在约瑟夫遇见那鸿和阿拉丹的港口?"

"不。弗罗尔船长从来没有这么表示过。"

离开雅库布之前,希奥朵拉将日志放进包里。

得知阿拉丹的死讯后,希奥朵拉决定返回多瑙河灌溉的故土。

河面上笼罩着浓重而阴沉的寒雾,无异于深秋的黎明,透着冷冷的、有气无力的微光。一艘小型拖船穿行于芦苇、坚果和海藻香的棉花一般的河流。船上的乘客让船慢一些,再慢一些。夜幕徐徐降临。船身仍旧可以看出原有的苦艾酒绿、甲板的醋栗红和船舱的天青色。深入铁锈的涂层起了皱。烟囱里冒出的无烟煤烟雾混入暗绿色水面上凝滞的雾霭。发动机发出规律的轰鸣声,却仍旧无法惊扰清晨的宁静。野鸭、苍鹭窥伺着,待小船经过时飞向天空。

小提琴和手风琴合奏一支哀乐,送别老希奥朵拉。两位音乐家都戴着黑色的羊毛手套。穿着暖和的两男两女分别坐在浅色松木棺材的两边,棺材上覆盖着枯叶、干花、鼠尾草和香草枝,棺材位于拖船的船头,四周布置了四盏风暴灯。人们的脸上没有悲伤,音乐也不悲伤。老希奥朵拉闭上了眼睛,再也无法开口说话,失去了爱、斗争与反抗的身体干瘪。深深的呼吸与沉醉的春风,这样的夜晚仿佛原初的宇宙,又仿佛乌托邦。被风吹散的泪与笑湮没在她辽阔的心灵版图上,在那上面,站立着太多死去的灵魂。

在这世上,此时此刻,在这片辽阔的大地之上,小船、独木舟和平底的帆船启航,船身划开水面。但在这条河流之上,缭绕着致敬的音乐,送别老希奥朵拉走失在永恒的黑暗之中。

这深夜如此寂静。

老希奥朵拉已经预见到死亡的降临。临终那天的早晨,当她醒来,她感觉自己的肉体又恢复了青春。在那超越时空的一刻,阿拉丹与约瑟夫的爱摇晃得她的身体迷醉。她知道,一如她的生日,她的死期也将清清楚楚地写就。这强烈的直觉,加上遗忘的阴影中升起的音乐,让她想到自己送给欧菲拉西亚的话"她再也不会做梦了"。

老希奥朵拉梳洗后,让小女孩穿上最美的裙子,然后两人一起吃早餐。她把双胞胎艾沙特和斯特洛佩的照片夹在书里,再把书放在泛黄的日志旁,放在她房间里唯一的家具上。然后,她将手镯、项链、耳环、戒指依次放在书和日志周围。她不慌不忙又全神贯注地做着这一切,没有说话的必要。她的双眼虽然看不见了,却似乎清清楚楚地看着自己完成所有的动作。小女孩将老太太的一举一动全都收入眼底。一如往常,对眼前发生的这一切,她既不感到担忧,又不感到惊讶。

安排妥当后,老太太坐回轮椅。她的双腿盖着暖和的羊毛毯子,她要最后再读一读母亲的生命之书,然后亲自等着死亡上门。母亲的生命之书完成之后没有人置评,而她也将把它再次合上。给老希奥朵拉端来一杯茶后,小女孩走到窗前。她说:

"给我一条项链。"

"你想要哪条项链?"

"带钱币的那条。"

"最漂亮的那条?那是在我和瓦西里的婚礼上我的父亲送给我的结婚礼物。无论经历了多少次围捕,走过多少崎岖的道路,遭遇了多少次抢劫,这条项链都完好如初。当时我的婆婆要求我交出它,然后才放我回娘家,以报复我为她的家族带来的耻辱。这是她的原话。战后,安吉丽卡在她父亲坍塌了大半的小房子里找到了这条项链,她的父亲在被迫长途跋涉前将金币和珠宝藏在金属盒子里,埋在地板下面的土里。经历了种种,从前的恩怨都一笔勾销了。能把项链重新戴在我的脖子上,她很开心。你拿去吧。"

小女孩走近房间里唯一的家具,拿起项链,把它放在自己芒果黄的羊毛裙上。

临死前一小时,老希奥朵拉将两男两女叫到身边。一个年轻女孩和那个不理解她回乡的年长女人,一个戴着帽子的年轻人和当地年纪最长的佩刀男人。她选择让他们四人见证并执行她的遗愿:让她的身体沉入深深的水底,让她停留在海水与河水交汇的地方,让她枕着大地的气息、盐的味道睡去,让她的灵魂与先祖的灵魂一起没有恐惧地安息。去年夏天,和孩子们轮船一日游时她就下定了决心。河流仿佛摇篮一般让她安眠的时候,这个念头便油然而生。临死前,她从来没有告诉过任何人,只是默默地任这念头生根发芽再确定不移地坚守着。她让两个女人等她咽下最后一口气后将她赤身裸体地放进棺材，将阿拉丹坟前的土撒在她的棺材上。她又让男人们打造一只双层的棺材，棺材里要填入黏土、石头和废弃的金属，足够的重量才能让棺材沉到水流的旋涡深处。

秋日的黄昏，平原吹来的风猛烈、潮湿而刺骨，老希奥朵拉低声的喃喃让席地而坐的送别的人们着迷，上了年纪的女人坐在自己带来的椅子上。老希奥朵拉的声音里有玫瑰、丁香、番石榴、大蒜、紫丁香、荔枝、藏红花、香草、木槿和香茅的混香。大家喝着药茶、白酒或葡萄酒。老希奥朵拉的声音里汇集了口琴、匈牙利扬琴、单簧管和曼陀林的音色。当地最年长的男人和布库抽着烟。蒂波演奏着小提琴，柔和的音色轻抚着老婆婆的耳朵。希奥朵拉茫然地回顾自己的一生，他们看着她，知道她想要音乐的陪伴，虽然她无法开口说话，丰满而庄严的美妙音乐仿佛希奥朵拉的低语。小女孩坐在地上，头靠在老希奥朵拉的腿上，手握着项链。她的声音滋养她的睡眠。七支蜡烛点亮了房间的七个角落，布满鲜花的房间宛如等待着新生一般。桌子和家具上点着香烛。老希奥朵拉对布库说："让我们摆脱冷漠。冷漠可耻。拒绝不公正，防备权力，不要被事物或事件表面的平静所欺骗。记住，一切随风。"大家都静静地听着。她停下,喘口气。她向蒂波伸出左手:"我最宠爱的你,你来保管我的书,我唯一的一本书。你会像我一样,如果你愿意,你打开它的那一刻起就再也离不开它。约瑟夫把这本书托付给我,希望它能成为我的知己。如果你收下这本书,你将开启它的第五段生命。日志也留给你。怎么处理由你决定。我还有能力做些什么的时候,却再也没有打开它,我再也没有兴致看它或者继续写下去了,但我始终舍不得扔弃。或许我过于感情用事。我不知道如何才下得了手毁了它,毕竟它属于海洋的时代与天气。"

屋内倾泻夜色,突然的雨敲窗玻璃。围拢的人们猜测,极度的倦意已经入侵了她的骨骼,周围发生的一切已经留不住她了。她垂下眼睛,她的手抚上岁月无法抹去的伤痕。大家都看着她,仍旧为老婆婆那几近熄灭的声音着迷。除了那个睡得很安稳的小女孩,所有人漠然地看着眼前发生的一切。老希奥朵拉指着家具说:"你们把我的珠宝送给你们现在或者未来深爱的女人吧。"

她没有交代小女孩的未来,也不会有人关心,但是蒂波知道自己该怎么做:让孩子和自己一起生活。老希奥朵拉竭尽全力道出人生最后一问："我爱我爱的人吗？一旦失去再也无法说清道明。爱过方知情重。"她不得不停下喘息。最终，她缓缓说出这一句："就现在，让我走吧。"

小女孩不听，她依旧坐着，靠在老太太的腿上，指间的项链在昏黄的烛光下闪闪发光。

老希奥朵拉不知道，就在她重温金色年华时，几百公里之外她深爱的儿子那鸿正从自己记忆的下水道里打捞起他幼时抛却的画面：一天早晨，他的姐姐萨拉在多瑙河边的森林里被杀身亡。

萨拉死亡前几个月，他们的父母在一次大围捕后音讯全无，知道危险在逼近，两个大人便将两个孩子托付给一对年迈的农民夫妇。农民夫妇算是他们一家的故交，独自生活在自己的土地上：女儿结了婚住在城里，儿子听从河流的召唤，成了一名水手。萨拉和那鸿的父母没有捎来任何消息，因为害怕暴露自己的藏身之处。农民夫妇的耕地从河边一直延伸到长满山毛榉、橡树和桦树的森林口。夫妻俩有四头牛，两匹马，还有几只母鸡和鸭子。萨拉和那鸿一直以为那仅仅是个延长的假期。他们没去上学,而是融入农场的节奏中。每次农夫驾马车出行,那鸿都会跟上,而且学会了如何握住缰绳。两个孩子照料两匹马,给它们喂食。事发时,河面与田间热得昏沉。

萨拉身亡前几天,镇压的军方反而在行动中有伤亡,为了报复,便不分青红皂白地逮捕和暗杀。军事行动有条不紊地进行,上头命令要让平民百姓绝对地服从并且让他们时刻生活在惊恐之中,要让他们记住这血的教训,绝对不能手下留情,即便面对妇女和儿童,即便失衡,反响也要够大够强烈。无论有罪无罪,统统是打击目标,村庄被大火或爆炸物摧毁。喇叭里传出喊话:"你们所有人要么投降要么自我了结。反正我们会杀到你们一个不剩。"

这对农民夫妇离群索居,将萨拉和那鸿视为自己的孩子般照料,平日里也从不参与抵抗运动,根本没有想到事件会波及自己。然而,一个星期天的早晨,军队入侵了他们的土地和农场。农夫看着士兵逼近,让那鸿赶快躲到谷仓里专门盖了一层麦秆的暗室里。不一会儿夫妻两人都被抓走了。萨拉是在一个地窖里被发现的。那鸿听到萨拉喊道:"别伤害我。"萨拉穿着一条蓝底白花的飘逸的棉布裙,米色的帆布鞋和过膝白袜。他听到谷仓外有声响,夹杂着命令和辱骂。那鸿站在稻草下面,不敢呼吸,人也吓得动弹不得。谷仓外的声响渐渐远去。屋子和谷仓周围安静下来,那鸿听到一辆卡车发动引擎开走的声音,走出自己的藏身之处。他爬上马厩,回到自己和萨拉的房间。他从窗户那儿看出去,见森林口那边,男男女女和小孩下了卡车。他看见了萨拉。出生后再也没有离开过身边的萨拉此时在森林那头。她伸手去牵农妇。在军人的辱骂和鞭笞下,萨拉和其他人进入了森林。不久之后,那鸿听到枪声。他看不见树下到底发生了什么,然而,他的目光始终无法从森林口移开。他感觉自己的灵魂无法安放。他全身每一块肌肉都在痉挛。他大口大口地呼吸,仿佛刚奔跑过。没过多久,他看到军队乘卡车离开。那鸿没有多想,赶到了枪击现场。他钻入森林,藤蔓下弥漫着浓重的血腥味。那鸿突然停下。他的姐姐被子弹击中颈部,旁边是农妇,她的手握着萨拉的手,颈部中弹,她的丈夫和其他受害者都是这样死的。那时那鸿七岁,他呜咽着说:"萨拉,我怕,我好怕。"血泪盈满那鸿的眼眶,又落在萨拉深棕色的头发和蓝色的连衣裙上。农场的狗也来了,它嗅到了鲜血的味道,然后躺在农夫的身上。那鸿躺在姐姐的旁边睡着了,伴着狗的哼哼声。后来,狗的一声尖叫把男孩吵醒了。夜幕降临了。那鸿从来没有听到过这样的哀号,他惊慌失措地看着那只狗,然后跑了起来。狗又像之前那样哼哼。那鸿回到农场,他穿着棕色厚布短裤,淡油菜黄的棉衬衫,还有米色帆布鞋,和他姐姐的一样。他走到厨房,从橱柜里拿了一把锋利的刀子、面包和香肠,装在一个黄色麻布袋子里。离开之前,他爬上马厩,进房间,拿起萨拉枕畔的小洋娃娃装在袋子里。他没想过拿衣物。趁着夜色上路,朝着与森林相反的方向。他想找到那个他再未找到的农场。他不害怕了,可是他却迷路了,不知不觉又走回了森林。一个星期以来,那鸿都在森林里打转,每时每刻都在丧失过往的回忆,包括发生过的事和去过的地方。他走在森林里,漫无目的地跑在陌生的小路上,累了就睡在树脚的青苔藓上,头枕着那只黄色麻布袋子。战争的喧嚣日日夜夜地让他心慌。

当他遇到希奥朵拉和卡门时,他已经忘了他是谁。他很饿。

终于回想起姐姐死亡的那一刻,那鸿只是简单地自言自语:"谢谢你,希奥。"那鸿,干草一般笨重又不协调的身体多年来逐渐衰竭,精神又囿于没有希望、没有表情、没有言语的牢笼,如今终于能够将他的一生告诉医生,仿佛在说着别人的遭遇。他还想起了阿拉丹、手风琴和躺在学校大门前额头中弹的小女孩。他想起了高墙,以及那群被迫直面自己罪行的士兵。他以一个问题结束了自己的叙述:"为什么?"

雾角穿透蒙蒙雾气,远远地发出声响。小船缓缓前进;船身随着引擎的震动而晃动。这位当地最年长的人毫不费力地说服船主接受了这次史无前例的远征。他把烟头扔在地上,踩了一脚,发起了牢骚:"烦死那帮警察了。一般人死了就埋了等着被蠕虫或者鼹鼠啃,但有人更喜欢被臭鱼吞,不过这也是人家的权利。"不过,走这一趟他是拿了钱的。水上他来来去去三十年,他知道它的反复无常和风险,支流和小岛,小岛上长满了灯芯草,香柳细细的枝丫芭蕾舞演员一般随风轻摆,春天来了,啄木鸟、燕雀和山雀便在枝头筑巢。当他还是个孩子的时候就跟着父亲走遍了多鱼的水域。这一趟征途正是需要这样的人,是的,他了解这片水域。船长让船驶入支流,又回到干流,然后又驶入别的支流,就这样消磨着白天,等待着夜晚的降临。

为了满足老希奥朵拉的愿望,船长在继续航行之前绕鸟岛一圈。

驾驶舱里,小女孩坐在清漆木凳上向外看。她戴着一顶稻草黄的羊毛帽,身上是绿色的猎人外套,草绿色羊毛毛衣和蓝色天鹅绒的裤子,以及黑色的皮靴。她把红色手套和围巾放在木凳上。她在重新认识这条河,看着船身划开水面。她能明白眼前举行的仪式吗?穿一件厚重的深褐色皮夹克的船长问她和老太太是什么关系。她不回答。船长问她的名字和年龄,她仍然不回应,仅仅皱皱眉或者耸耸肩。船长便不再管这个微微笑着却神秘的孩子了。她就像那人间四季变幻的天色。

内陆吹来的风无情地吹皱河面。风中树木凌乱,枝头最后的叶子也纷飞。天蓝了,阳光乍现,在水面上投射出铜一般晶莹的光芒。当地最年长的男人从黑色皮夹克的内兜里掏出一只银色的瓶子,拧下塞子。对着棺材说"老太太,为了你的健康",他喝了一口白酒。他点燃一根烟。戴着帽子的年轻人也抽烟。酒瓶传递着,只有手风琴手喝酒是为了暖身子。

小提琴声停了。蒂波走进船舱里取暖。他坐到小女孩身边,给她热牛奶。小女孩坐到蒂波的膝上。尽管她穿着暖和的裤子和厚厚的外套,但依旧冷得直哆嗦。

"你冷吗?"

"不。我在等。"

喝了牛奶后,小女孩又坐到长凳上,"一切那么美。"

她不说话,看着河岸和小岛。

"我们什么时候才能到达老太太想要的地方?"

"我不知道。我不太了解这条河。"

"那么,我要睡觉了。"

夜幕降临时,拖船正遇上大海的第一波汹涌,这是老希奥朵拉选择的地方。大海进入河流,直捣河底。音乐,唱着节日的火,唱着女人身体的水,唱着男人行走的土地,唱着欲望飞扬的空气,将船上的人凝聚在一首赞美诗里,这首赞美诗缅怀着老希奥朵拉母亲的生命之书。船长关掉引擎,船很快就停了下来。当地的长者凝视着海的尽头,"看不见的远方是北方,南方呼唤白色,西方红得美丽,东方徜徉在绿色里"。船长离开船舱,留下长凳上熟睡的小女孩。他帮着长者将棺材抬到舷窗边。布库和年轻女人将两根绳子绕过棺材底。三位见证人和船长小心翼翼地把棺材往下放,棺材很快就消失在汹涌的水流中。年长的女人画着十字。

船长说我们不能再耽搁了。

蒂波第一个看到了她。他急忙冲上前想阻止小女孩。趁着黑暗,小女孩赤身裸体戴着项链,爬上了船舱顶。夜色遮挡了她的笑。她听到蒂波在喊她了吗?她不看他,既不看他,也不看其他人,她向不见光的平静水面纵身一跃。老妇人、年轻女人、佩刀的年轻人、长者,以及船长僵在原地,凝视着深不可测的水中她留下的空洞。船长阻止了蒂波跳水施救的企图。"太晚了,看看水的旋涡。那孩子已经被卷走了,如果你跳下去,你也会被卷走的。我们什么都做不了。这个小女孩是谁?"蒂波没有应声,其他人也没吭声。船长不再坚持。他走回驾驶室重新启动发动机。深水中那空洞再也无法填补。

拖船沿着老希奥朵拉安息的河水向城市的霓虹和喧嚣驶去。船舱里,四位见证人,船长、蒂波和手风琴手一言不发。老妇人和手风琴手坐在长凳上,其他人则站着,一动不动。谁也不看谁。谁也不敢有眼神的接触。冷得刺骨。小女孩决绝的姿态让他们茫然了,也让他们惊愕。戴着宽边帽的男人和年轻女人手牵着手。布库抽着烟,眼睛湿润。长者又喝了一口酒,然后把酒瓶递给别人。老妇人、手风琴手和船长也喝了起来。老妇喃喃地祈祷。手风琴手沉沉地说:"她早就计划好了,不说话,微笑,睡觉。我们真蠢,竟然没察觉。"船长又问:"这个孩子是谁?"过了一会儿,蒂波回答说:"我们也不知道。她和老婆婆生活在一起。"

小提琴为来自山海、沙漠与森林的小女孩哭泣,为来自被遗忘的角落的她而哭泣。她来自任何地方,又无处可寻。

小提琴诉说着她的哀愁与失去。

船长把拖船停在鸟岛的浮桥上,让老妇人把小女孩的衣服留在那里。年轻女人提着一盏暴风雨灯,陪她下了船。她的肩膀在颤抖,她在无声地抽泣。两个女人走过荆棘丛生的小路,将小女孩的衣物埋在潮湿的土地上,盖上一层草。年轻女人说她想多待一会儿,她想和小女孩单独待一会儿。老妇人画了十字后,独自离开。

夜色倾泻如寒水,白月光清冷。

拖船接近城市,已经可以看到高处的灯光和码头上的灯塔。大型集装箱船正向大海驶去。蒂波打破沉默,用沙哑的声音问:"为什么?"这个疑问在船舱间冲撞。戴着宽边帽的年轻人布库重复着这个疑问。年轻的女孩也想问一问:"为什么?"老妇人靠在手风琴手的肩膀上,哭了。

从那一天起,河边的村庄里,人们向路过的陌生人讲述一个叫"埃及之花"的小女孩的故事,那是老希奥朵拉为她起的名字:她纵身跃入水中,打开棺材,蜷缩在老妇人身上,枕着她枯萎的乳房,然后把盖子合上,再也没有醒来。

她像一颗种子,落到荒谬、不公、罪恶、肤浅、邪恶而愚蠢的人世,老希奥朵拉的爱拯救不了她,蒂波的爱也留不住她。

听过这个故事的人开不了口多说一句。谁都刻意避开"自杀"一词。无力而贫乏的解释只会徒增人心的苦痛。

> 四海之内皆兄弟
> ——越南谚语
>
> 为何血痕划破你花一般的脸颊?
> ——安娜·阿赫玛托娃

如果有未来

阿西娅失踪了。原本按照她所说，她应该回到多瑙河岸，但是多瑙河岸，她的家乡，既没有人见过她，也没有人知道她在哪儿。她的音乐家朋友们向警方报案，警方在没有确凿证据的情况下马上停止了搜查。再也没有人听到她的歌声。

蒂波在布库和萨洛梅的陪同下回到了自己的故乡，萨洛梅就是老希奥朵拉指定的那四位见证人之一，当时她和蒂波和布库一起执行了老太太的遗言。他们三人乘车旅行，想要重走那鸿、阿拉丹，以及希奥朵拉走过的路。老希奥朵拉死后，萨洛梅戴上了曾经属于老希奥朵拉的项链和手镯。

那鸿的身体恢复后,立即踏上了寻人的旅途,他想要找到希奥朵拉、阿拉丹和约瑟夫,他知道上哪儿去找阿拉丹和约瑟夫。于是他回到了"独行骑士"餐吧。他父亲的手风琴是他此行唯一的行李。或许那鸿能够继承老希奥朵拉的意志,他能代替她写下去。

他会写写诗,因为也做不了其他。在离开医院之前,他或许会打开曾经的笔记,他将笔记和素描送给了医护人员,感谢他们一直以来悉心的照料,仅仅留下两本给自己。萨拉、卡门、欧菲拉西亚、斯特洛佩与艾沙特都住在他心里,支撑着他走向不可企及的远方。

在一个炎热的仲夏,蒂波或许会在"独行骑士"餐吧遇见那鸿,多年过去,"独行骑士"的装潢一点没变。那鸿会将他与阿拉丹共同生活的点滴告诉蒂波,蒂波会告诉他希奥朵拉的生与死。那天那鸿会将速写本送给蒂波,并对他说:"请记住阿拉丹。"接下来几天的时间里,那鸿会和蒂波一起住在后院那个小套间,那是希奥朵拉曾经生活过的地方。

那鸿和蒂波一起漫步至娑摩吠陀号停靠的码头。

蒂波会成为老希奥朵拉希望的样子,成为一名巡回各大洲的小提琴家。他将那鸿赠送的泛黄的笔记及希奥朵拉遗赠的书放在小提琴盒里,随身携带着走遍世界的角落。

三番五次与警察和司法部门发生纠纷后,布库进入大学学习法律,回国致力于捍卫茨冈人的权利。为纪念老希奥朵拉,他多次组织音乐会,还邀请了好兄弟蒂波。

萨洛梅在布库服刑期间离开了他。幸亏一对夫妇把她当作互惠生,供她免费食宿,后来她也去过不少国家和地区,最后搬到了太平洋的一个岛屿上,她在那里当小学老师,并且通过函授课程获得了学位。她住在一个渔村,在那里她收养了一对孪生兄妹,他们都是孤儿。为了纪念希奥朵拉,她始终戴着蒂波送给她的项链和手镯。

往后的岁月,那鸿会让寂静在他心田缓缓地书写,缓缓地升起。寂静在阳光中充盈,像女人的身体摇晃着他,

转变为老希奥朵拉心中咕哝的话语,他的希奥在说:

为何天地与江河赤裸而空空荡荡,

永远地赤裸而空空荡荡?

我吃饭、饮酒,我活着,然后死去。

——茨冈人谚语